古笺风雅——中国传统文化的窗口

叶嘉莹

古笺风雅

少年游

刘璁 编著

浙江摄影出版社
全国百佳图书出版单位

古笺风雅·少年游

小　引

中国木版水印艺术源远流长，博大精深，笺纸正是其中最为独特的表现形式。正如鲁迅先生在《北平笺谱·序》中评价的："镂象于木，印之素纸，以行远而及众，盖实始于中国。"

笺纸的起源可以追溯到南北朝时期，经唐宋之发展，至明代中晚期最为鼎盛，又于民国初年再度复兴。笺纸因其尺幅小巧，图案精美，色彩绚丽，印制考究，向为文人雅士之爱物，因此诗文唱和，书札往来，须臾不可或缺。小小花笺之上，雕镂套印，饾版拱花，可谓撷精集雅，且集诗书画印于一纸，融自然人文于一笺，令人叹为观止，爱不忍释。

随着网络的兴起和通信手段的更迭，那些写在笺纸上的书信和诗文已基本淡出了人们的生活，但是，笺纸所传递的人文情怀及其承载的精神意蕴，仍值得今天的人们寻味。前人的风雅、气度、胸襟、情怀、幽趣，在小小笺纸中也可以找到遗迹。

有鉴于此，浙江摄影出版社撷取《萝轩变古笺谱》《十竹斋笺谱》《百花诗笺谱》《北平笺谱》《北京荣宝斋新记诗笺谱》等历代名谱菁华，编为"古笺风雅"丛书，以期向读者朋友们介绍这一传统文化。

"古笺风雅"丛书取古词牌名旨意，按笺画题材分为《醉花阴》《泛兰舟》《水龙吟》《少年游》四册，每册各择选相应笺画九十幅，并配以说明文字及赏读诗歌，所选笺纸图片均以木版水印原本或复刻本为底本拍摄制版。

本册《少年游》为人物雅事笺，收录人物、器物等图案的画笺。

古人绘画，素喜以物喻人、托物言志，故笺纸中也常以书卷、纸笔、古琴、木屐等物借指所咏之人。人物雅事笺既具教化育人之功用，又可为使用者之自比，且其画面清朗雅致，人物形态各异，器物小巧精细，缩于尺寸之间，自有一种文人意趣蕴含其中。

《少年游》选择的九十幅笺纸，除明代诸笺外，又有黄慎、赵之谦、朱良材、姚华、齐白石、溥儒、吴光宇、徐操、张大千等人所绘笺画。本书笺画含《萝轩变古笺谱》二十四幅、《十竹斋笺谱》三十五幅、《北平笺谱》二十五幅、《北京荣宝斋新记诗笺谱》六幅，按原谱刊刻年代顺序排列，读者亦可借此对比历代笺谱在笺画图案、技法、风格上的差异。

刘 璁

庚子之夏，南开园

目　录

《萝轩变古笺谱》之人物雅事笺

《十竹斋笺谱》之人物雅事笺

《北平笺谱》之人物雅事笺

《萝轩变古笺谱》是目前发现的存世最早的笺谱。由吴发祥主持刊印，明天启六年（1626），刊于金陵（今江苏南京）。共收入一百七十八幅画笺，分装上、下两册。多用白描线条，雕刻精致细腻，套色古雅沉静。内容多为文人雅好、案头清供或典故象征，涵盖画诗、飞白、博物、折赠、斗草、选石、遗赠、仙灵、代步、搜奇、龙种、择栖等主题。1979年，上海博物馆与上海朵云轩合作，开始用古法翻刻重印《萝轩变古笺谱》。1981年，经反复研究试验，数易印稿，仿古翻刻终于获得成功，完美再现了原版风韵。

《萝轩变古笺谱》之人物雅事笺

�篮山茶

蘿軒變古箋譜　一

曹氏書倉

曹氏书仓

此笺选自本谱上卷“博物八种”其一。

博物，意为通晓众物，见多识广。如《左传·昭公元年》载：“晋公闻子产之言，曰：‘博物君子也。’”博物笺所绘均为古时典故，亦有借此教化世人明事理、通古今之意。

本幅笺画述汉人曹曾故事。曹曾为两汉更替时大藏书家，本名曹平，因仰慕曾子而改名为曾。史载他收罗、勘雠天下名书，家藏万卷，门徒有三千人。新莽朝灭后，刘玄、刘秀等先后称帝，致兵乱再起，曹曾忧其祸患，于是用石头筑成仓库，贮藏图书，遂有“曹氏书仓”之名。

赏读

曹曾，鲁人也。本名平，慕曾参之行，改名为曾。……天下名书，上古以来，文篆讹落者，曾皆刊正，垂万余卷。及国难既夷，收天下遗书于曾家，连车继轨，输于王府。诸弟子于门外立祠，谓曰“曹师祠”。及世乱，家家焚庐，曾虑先文湮没，乃积石为仓以藏书，故谓曹氏为“书仓”。

晋·王嘉《拾遗记·后汉》（节选）

献生子

此笺选自本谱上卷“博物八种”其二。

献生子为流行于唐宋时期的民间风俗。农历二月中和节时，民间常于布袋中盛满瓜果谷物，互赠往来，以为节日之礼。《新唐书·李泌传》载，唐德宗时，名臣李泌奏请改以农历二月朔日为中和节：“废正月晦，以二月朔为中和节，因赐大臣戚里尺，谓之裁度。民间以青囊盛百谷瓜果种相问遗，号为献生子。里闾酿宜春酒，以祭勾芒神，祈丰年。百官进农书，以示务本。”德宗允之，遂以中和节与三月三日上巳节、九月九日重阳节合称三令节。

赏读

今夕何夕春云徂，子规啼月宵欲孤。
银烛一夜烧易尽，珊鞭诘旦踏已无。
后日青枝献生子，当时彩胜浇屠苏。
榆钱虹锦买不住，何况十万铜青蚨。

明·王夫之《广落花诗三十首》其二十一

蘿軒變古箋譜
三品筆

三品笔

此笺选自本谱上卷“博物八种”其四。

本幅笺画述梁元帝萧绎故事。萧绎为梁武帝萧衍第七子，昭明太子萧统之弟。萧绎好学擅文，兼具雅趣。传其封湘东王时，以三管毛笔述录忠臣文士，这三管笔分别用金、银雕饰或用斑竹（湘妃竹）制作笔管，记录忠孝之臣用金笔，记录德行出众之人用银笔，记录文藻华美之人用斑竹笔，故谓之三品笔。宋孙光宪《北梦琐言·逸文卷第二》载：“昔梁元帝为湘东王时，好学著书，常记录忠臣义士及文章之美者。笔有三品，或以金银雕饰，或用斑竹为管。忠孝全者用金管书之，德行清粹者用银笔书之，文章赡丽者以斑竹书之。故湘东之誉，振于江表。”

赏读

寒夜凭将信史裁，虚堂销尽夜垆灰。

频衔三品湘东管，那得宫嫔呵冻来。

清·毛奇龄《呵笔》

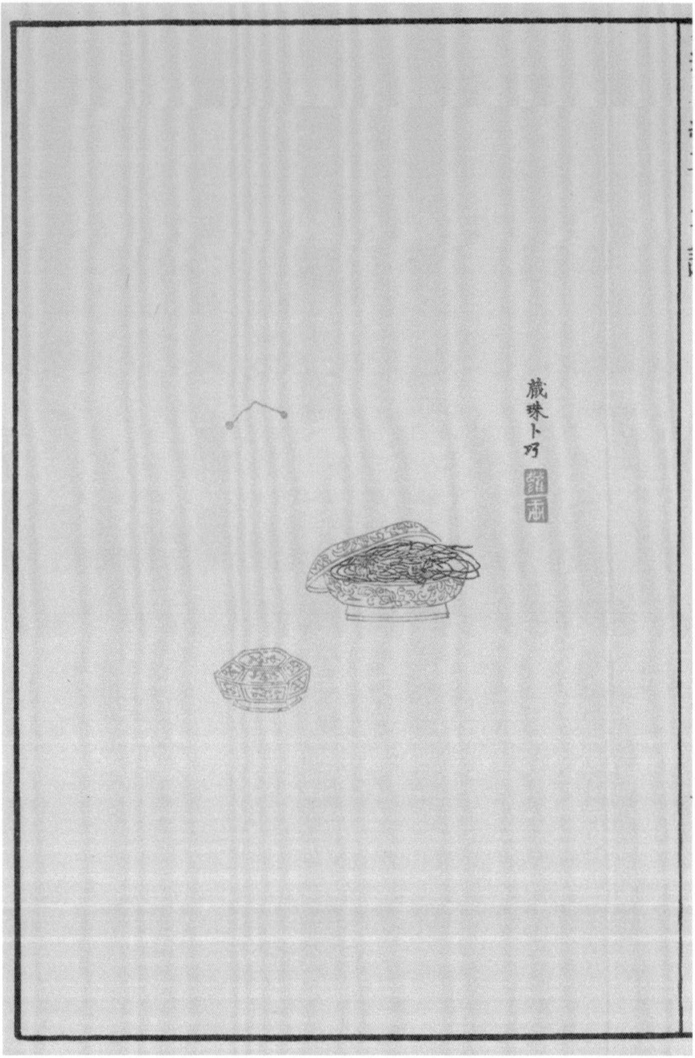
蔵珠卜巧

藏珠卜巧

此笺选自本谱上卷“博物八种”其六。

珠，通蛛；卜巧，为旧时七夕风俗“乞巧”之一种。古时女子常于七夕之夜放蜘蛛于小盒内，待天明后查看蛛丝结网之状，以蛛网繁密圆正为“得巧”。如五代王仁裕《开元天宝遗事·蛛丝卜巧》云：“帝与贵妃，每至七月七日夜在华清宫游宴。时宫女辈陈瓜花酒馔列于庭中，求恩于牵牛、织女星也。又各捉蜘蛛闭于小合中，至晓开视蛛网稀密，以为得巧之候，密者言巧多，稀者言巧少。民间亦效之。”

赏读

明河风细，鹊桥云淡，秋入庭梧先坠。摩孩罗荷叶伞儿轻，总排列、双双对对。

花瓜应节，蛛丝卜巧，望月穿针楼外。不知谁见女儿忙，谩多少、人间欢会。

宋·赵师侠《鹊桥仙·丁巳七夕》

蘿軒變古箋譜

望夫石

望夫石

此笺选自本谱下卷“选石十二种”其九。

选石，乃择选名石之意。《萝轩变古笺谱》的选石笺共绘奇石十二种，均以淡彩双钩轮廓，石则各具奇态。此笺所绘望夫石常见于古代传说，各地皆有，意指妻子伫立望夫，日久而化为石。南朝宋刘义庆《幽明录》载：“武昌阳新县北山上有望夫石，状若人立。相传：昔有贞妇，其夫从役，远赴国难，妇携弱子饯送此山，立望夫而化为石，因以为名焉。”

赏读

仿佛古容仪，含愁带曙辉。
露如今日泪，苔似昔年衣。
有恨同湘女，无言类楚妃。
寂然芳霭内，犹若待夫归。

唐·李白《望夫石》

蘿軒變古箋譜
美人贈我錦繡段何以報之青玉案

美人赠我锦绣段

此笺选自本谱下卷“遗赠八种”其一。

遗赠，意指离别时互赠礼物，以示不舍与挽留。《萝轩变古笺谱》的遗赠笺多用以物喻景的手法，绘赠物以喻离别，各笺名多出于《古诗十九首》等古风诗歌。

段，通缎。本幅笺画绘案几及用布帛包裹的锦缎，题为“美人赠我锦绣段，何以报之青玉案”，语出东汉张衡《四愁诗》。其诗作四节，分述东、南、西、北四方位之思愁，本笺画所引诗句即述北方雁门之愁，其云：“我所思兮在雁门。欲往从之雪雰雰，侧身北望涕沾巾。美人赠我锦绣段，何以报之青玉案。路远莫致倚增叹，何为怀忧心烦惋。”

赏读

张衡殊不乐，应有四愁诗。
惭君锦绣段，赠我慰相思。
鸿鹄复矫翼，凤凰忆故池。
荣乐一如此，商山老紫芝。

唐·李白《张相公出镇荆州，寻除太子詹事，余时流夜郎，行至江夏，与张公去千里，公因太府丞王昔使车寄罗衣二事，及五月五日赠余诗，余答以此诗》

美人贈我金琅玕何以
報之雙玉盤

美人赠我金琅玕

此笺选自本谱下卷“遗赠八种”其二。

本幅笺画绘金玉、宝盘，题为“美人赠我金琅玕，何以报之双玉盘”，其语同出东汉张衡《四愁诗》，所引诗句述南方桂林之愁，原诗一作“琴琅玕”，其辞曰：“我所思兮在桂林。欲往从之湘水深，侧身南望涕沾襟。美人赠我金琅玕，何以报之双玉盘。路远莫致倚惆怅，何为怀忧心烦伤。”琅玕，古人用来称呼似珠玉的美石。

赏读

小岭西南烟水间，颇闻有地百弓宽。
谁其云者两黄鹄，何以报之双玉盘。
竹坞未昏先晻暧，莲汀当暑亦清寒。
一庵何日从吾好，会约高人共倚阑。

宋·陆游《自东泾度小岭闻有地可卜庵喜而有赋》

客從遠方來遺
我一書札

遗我一书札

此笺选自本谱下卷“遗赠八种”其五。

笺画绘书函、经卷，题为“客从远方来，遗我一书札”，语出汉乐府《古诗十九首·孟冬寒气至》：“客从远方来，遗我一书札。上言长相思，下言久离别。”

赏读

孟冬寒气至，北风何惨栗。
愁多知夜长，仰观众星列。
三五明月满，四五蟾兔缺。
客从远方来，遗我一书札。
上言长相思，下言久离别。
置书怀袖中，三岁字不灭。
一心抱区区，惧君不识察。

《古诗十九首·孟冬寒气至》

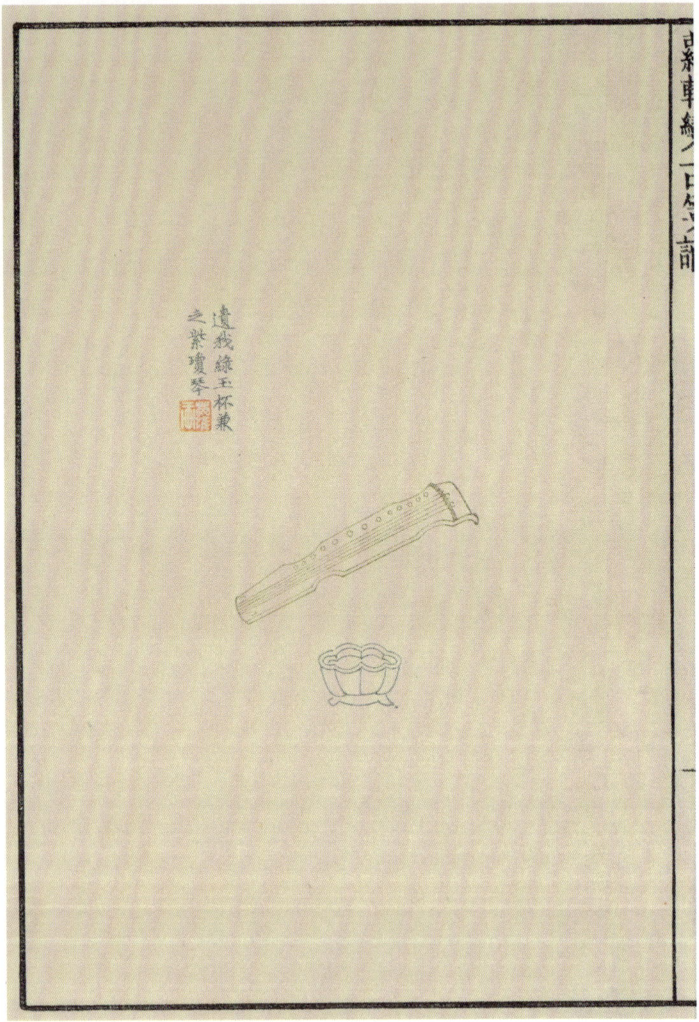
遺我綠玉杯兼
之紫瓊琴

遗我绿玉杯

此笺选自本谱下卷“遗赠八种”其八。

笺画绘玉杯、古琴，题为“遗我绿玉杯，兼之紫琼琴”，语出唐李白《拟古十二首》：“遗我绿玉杯，兼之紫琼琴。杯以倾美酒。琴以闲素心。”

赏读

仙人骑彩凤，昨下阆风岑。
海水三清浅，桃源一见寻。
遗我绿玉杯，兼之紫琼琴。
杯以倾美酒，琴以闲素心。
二物非世有，何论珠与金。
琴弹松里风，杯劝天上月。
风月长相知，世人何倏忽。

唐・李白《拟古十二首》其十

舟笛驚龍

舟笛惊龙

此笺选自本谱下卷“代步八种”其一。

代步，即以乘车、船、骡马等替代步行之意。《萝轩变古笺谱》的代步笺共有八幅，绘车、舟各四种。

本幅笺画所绘为唐时笛手李谟的故事。唐代有长安人李谟，为吹笛圣手，技艺绝伦。某次他与客人月夜泛舟，和而吹笛，江上有老翁驾舟傍之，亦吹一曲，二人笛声之美妙甚至引起水下的蛟龙寻声出水。

赏读

东华观古荫乔松，先月楼高倚碧峰。

莫向山头吹铁笛，清声唯恐引蛟龙。

明・解缙《寄张叔豫刘孟恂二君子》其三

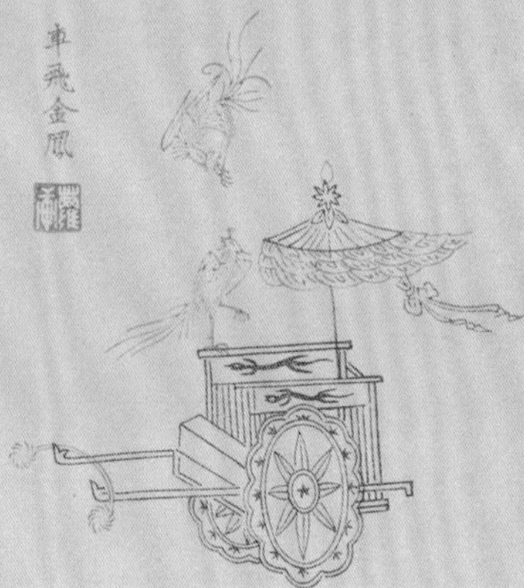
車飛金鳳

车飞金凤

此笺选自本谱下卷“代步八种”其二。

汉宣帝时，大将霍光获御赐宝车一乘，全车都用黄金装饰，但每至夜半时，车轴上的金凤饰便会化作凤凰飞走，天明而返。一次凤凰飞走后再未复归，霍光疑为人所得。其后果然有捕鸟人猎得凤凰，献于宣帝。宣帝命将凤凰置于盘上，见其飞入霍光家中，宣帝乃信。于是宣帝索回此车，常常乘其出游。宣帝死后凤凰亦不知所终。

赏读

官安胥饮贵仍骄，父子同诛甝孝昭。
博陆时方专国柄，济阴早已被弓弨。
老妻安得谋灵妪，劣女刚将冠内貂。
白云副封奇祸作，后车倾覆更萧条。

宋・李吕《吊霍光》

記里大車

记里大章

此笺选自本谱下卷“代步八种”其三。

笺题“记里大章”，即记里鼓车。古代行军或帝王出巡时，随队有特制车辆，可记录行走里程，其内部设有机关，车上有大鼓及持槌木偶，车行而齿轮转，每行路一里辄击鼓一声，因此得名记里鼓车，或曰记里车、大章车。晋人崔豹在《古今注·舆服》中载：“大章车，所以识道里也。起于西京，亦曰记里车。”

赏读

记里鼓车，一名大章车。赤质，四面画花鸟，重台，勾阑，镂拱。行一里，则上层木人击鼓；十里，则次层木人击镯。

《宋史·舆服志》（节选）

刻舟稱象

刻舟称象

此笺选自本谱下卷“代步八种”其四。

笺画所绘为历史上有名的“曹冲称象”的典故。曹冲为曹操幼子，少即聪颖，有神童之誉，史载其五六岁时，便已近成人之智。东吴孙权曾献大象一头，曹操欲知其重量，召左右问之，无有答者，只有曹冲知之，奏刻舟称象之策，曹操大悦。

赏读

星分邑里四人居，水洊源流万顷馀。
魏国君王称象处，晋家藩邸化龙初。
青蒲暂似游梁马，绿藻还疑宴镐鱼。
自有神灵滋液地，年年云物史官书。

唐・李乂《郊庙歌辞・享龙池乐章》第八章

宛渠螺舟

宛渠螺舟

此笺选自本谱下卷“代步八种”其五。

传秦始皇时，有海外宛渠国人，乘一螺形舟船前来，螺舟可潜行海底，又名沦波舟。晋王嘉《拾遗记》载：“始皇好神仙之事，有宛渠之民，乘螺舟而至。舟形似螺，沉行海底，而水不浸入，一名‘沦波舟’。其国人长十丈，编鸟兽之毛以蔽形。始皇与之语，及天地初开之时，瞭如亲睹。”

赏读

晚出番君国，夕眠王粲楼。
疏砧深巷雨，残角古城秋。
邂逅成幽趣，登临忆旧游。
好将尘世眼，长此对螺舟。

元·吴存《宿王存善江楼》

雀集公車

雀集公车

此笺选自本谱下卷“代步八种”其七。

史载秦穆公出巡狩猎，天降大雷，有雷火化为白雀，口衔丹书聚集在秦穆公座驾旁，谓为祥瑞。汉郑玄《六艺论》曰：“太平嘉瑞，《图》《书》之出，必龟龙衔负焉。黄帝、尧、舜、周公是其正也。若禹观河见长人，皋陶于洛见黑公，汤登尧台见黑鸟，至武王渡河白鱼跃，文王赤雀止于户，秦穆公白雀集于车，是其变也。”《太平御览·雷》亦引汉郑玄《尚书中候》曰：“秦穆公出狩，天震，大雷下，有火化为白雀，衔丹书集公车。”

赏读

西伯积德，天命攸顾。
赤雀衔书，爰集昌户。
瑞为天使，和气所致。
嗟尔后王，昌期而至。

三国（魏）·曹植《周文王赤雀赞》

輞川摹

辋川帚

此笺选自本谱下卷“搜奇二十四种”其二。

搜奇，即搜求奇特事物之意。唐司空图《争名》诗云：“争名岂在更搜奇，不朽才消一句诗。”《萝轩变古笺谱》的搜奇笺每幅均绘一物以为古代典故的象征。

笺画绘扫帚三把，尤为有趣的是其形制各有差异，并以花青、赭石两色区分。此笺题为“辋川帚”，述唐代诗人王维故事。辋川旧为蓝田附近一地名，王维曾于此筑辋川别墅，中年后久居于此。唐朱景玄《唐朝名画录》载：“王维字摩诘，官至尚书右丞，家于蓝田辋川。……复画《辋川图》，山谷郁郁盘盘；云水飞动，意出尘外，怪生笔端。”史载王维有洁净之癖，居辋川时有十数仆人每日清扫地面，甚至专门让二童子负责扎扫帚。冯贽在《云仙杂记》卷八述“王维居辋川地不容尘”，其云：“王维居辋川，宅宇既广，山林亦远。而性好净洁，地不容浮尘。日有十数扫饰者，使两童专掌缚帚，而有时不给。”

赏读

不到东山向一年，归来才及种春田。
雨中草色绿堪染，水上桃花红欲然。
优娄比丘经论学，伛偻丈人乡里贤。
披衣倒屣且相见，相欢语笑衡门前。

唐・王维《辋川别业》

蘿軒變古箋譜

申公茶萝

此笺选自本谱下卷“搜奇二十四种”其三。

茶罗子，茶器名，即茶筛。笺画绘茶罗三个，述宋人吕公著典故。吕公著，字晦叔，北宋哲宗朝宰相，曾与司马光同辅朝政。因吕公著卒后曾追赠太师、申国公，后世遂称其为吕申公，又因其父吕夷简亦曾封申国公，世人遂以小吕申公呼之。传吕公著家中有茶筛三个，分别为银、金、棕榈所制，用以招待不同的客人，银罗为招待熟客，金罗为招待文臣近侍，棕榈罗则首辅大臣才可使用。见宋人周煇《清波杂志·吕申公茶罗》：“张芸叟云：吕申公名知人，故多得于下僚。家有茶罗子，一金饰，一银，一棕榈。方接客，索银罗子，常客也；金罗子，禁近也；棕榈，则公辅必矣。家人常挨排于屏间以候之。申公，温公同时人，而待客茗饮之器顾饰以金银分等差，益知温公俭德，世无其比。”

赏读

家世从来筜具瞻，平生僚友惮方严。
挂闲麈尾清谈罕，傅尽龙髭老病添。
共惜一朝埋玉树，正当双日下珠帘。
自惭曾借风雷便，初与鱼龙出滞淹。

宋·陆佃《吕申公挽歌词》

書畫船

书画船

此笺选自本谱下卷“搜奇二十四种”其四。

笺画绘水中小舟，舱内满载书画，述宋人米芾逸事。北宋时，大书画家米芾曾置一船，专用于盛装书画，并于船头竖一牌，上题“米家书画船”，引为美谈。宋黄庭坚《戏赠米元章二首》有：“沧江静夜虹贯月，定是米家书画船”之句。

赏读

万里风帆水着天，麝煤鼠尾过年年。
沧江静夜虹贯月，定是米家书画船。

宋·黄庭坚《戏赠米元章二首》其一

幽人筆

幽人笔

此笺选自本谱下卷“搜奇二十四种”其八。

笺画绘松枝笔，述唐人司空图避世隐居之典故。司空图为唐末诗人，因黄巢起义而消极避世，归隐于中条山，其以松枝做笔管，自称为幽人笔。后唐冯贽《云仙杂记·幽人笔》载：“司空图隐于中条山，芟松枝为笔管，人问之，曰：幽人笔正当如是。”

赏读

怀君属秋夜，散步咏凉天。

空山松子落，幽人应未眠。

唐·韦应物《秋夜寄邱员外》

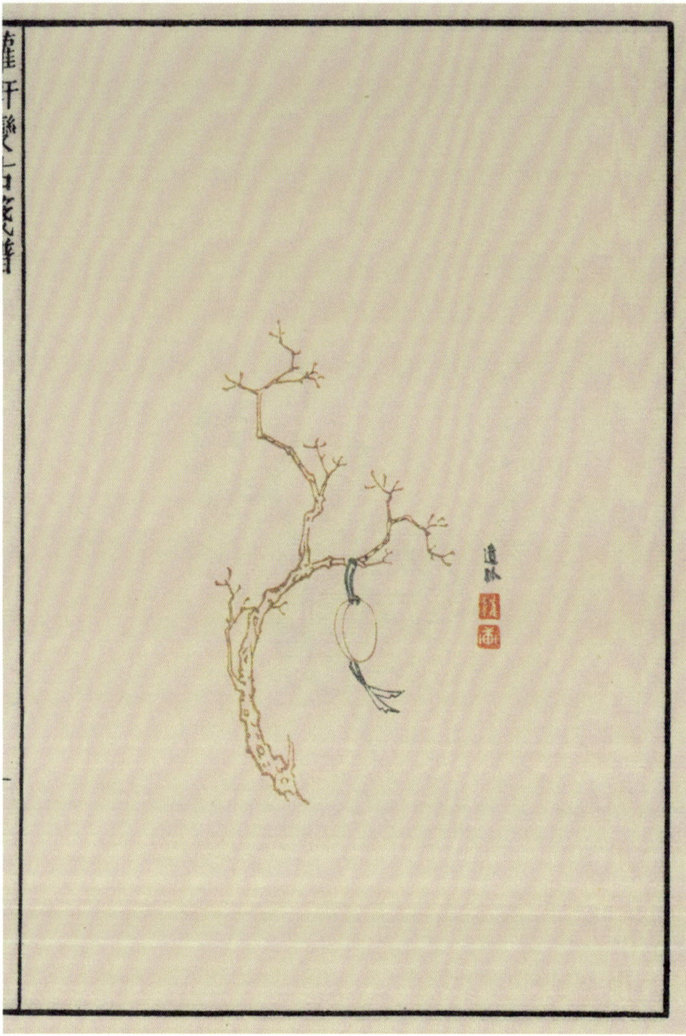
蘿軒變古箋譜

遗　瓢

此笺选自本谱下卷“搜奇二十四种”其十一。

上古尧时，有高士名许由，尧曾欲禅位给他，许由不受，隐避于箕山，甘于清贫。传说他身无长物，喝水时没有杯子，需捧河水而饮，邻人送给他一个瓢，许由接水喝过后，挂瓢于树。东汉蔡邕《琴操·箕山操》载：“许由者，古之贞固之士也。尧时为布衣，夏则巢居，冬则穴处，饥则仍山而食，渴则仍河而饮。无杯器，常以手捧水而饮之。人见其无器，以一瓢遗之。由操饮毕，以瓢挂树。”

赏读

天下摇头不肯为，恰如瓢挂老松枝。

许由不在箕山在，千古高风属阿谁？

宋·郑思肖《许由弃瓢图》

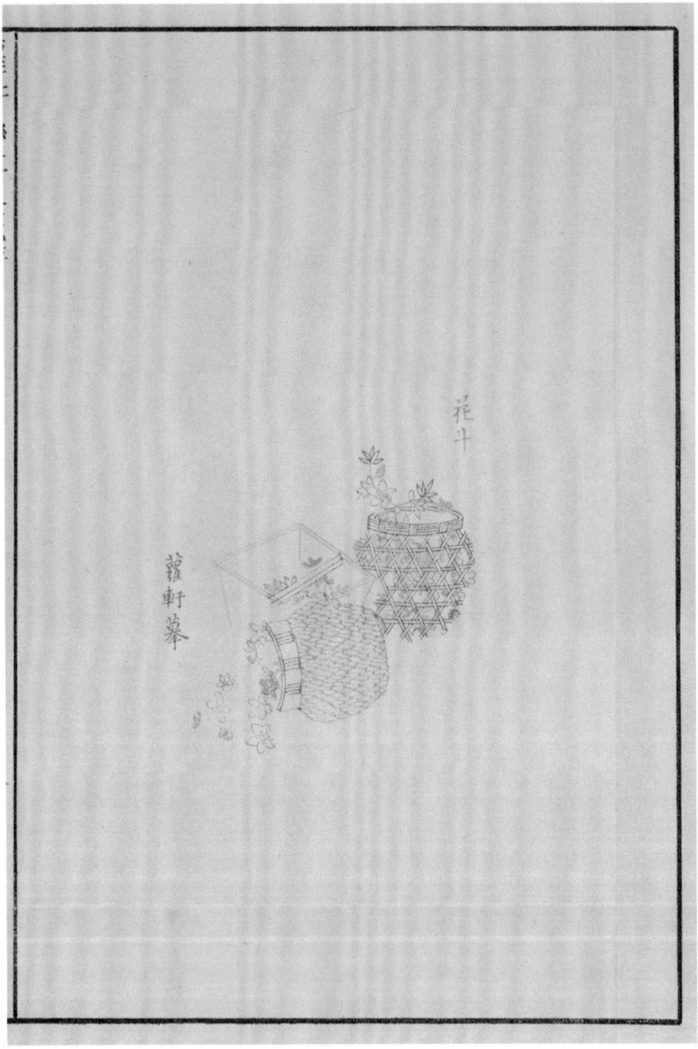
花斗
蘿軒摹

花　斗

此笺选自本谱下卷“搜奇二十四种”其十五。

花斗，古时习俗，谓摘取木樨花，聚以成斗。木樨花即桂花。古人以桂花入香油中浸泡，煮沸静置，即可制得桂花头油。宋朱敦儒《菩萨蛮》词中有“新窨木樨沈，香迟斗帐深”句。

赏读

芭蕉叶上秋风碧，晚来小雨流苏湿。新窨木樨沈，香迟斗帐深。

无人同向夕，还是愁成忆。忆昔结同心，鸳鸯何处寻。

宋 · 朱敦儒《菩萨蛮》

唐山人诗瓢

此笺选自本谱下卷“搜奇二十四种”其二十。

笺画绘江水中一瓢顺水而流，述唐时隐士唐球的故事。宋人计有功《唐诗纪事》卷五十载其事。唐时蜀地有方士名唐球者，隐居山中，时人呼为“唐山人”，传其每得新诗，便将底稿捻为纸团，投在大瓢里。唐球晚年患病不起，便将大瓢扔入江中顺水流走，下游有人认得说：“这是唐山人的诗瓢。”捡来一看，大半已经损毁，诗稿仅剩十之二三。

赏读

横紫烟光凝上方，人家宛在水中央。
一重一掩肺腑地，某水某丘游钓乡。
忆我频年枉书札，与君连日醉壶觞。
诗瓢不似山人瘦，大雅堂高接盛唐。

明・杨慎《登海宝寺望侍御唐池南别业因赠》

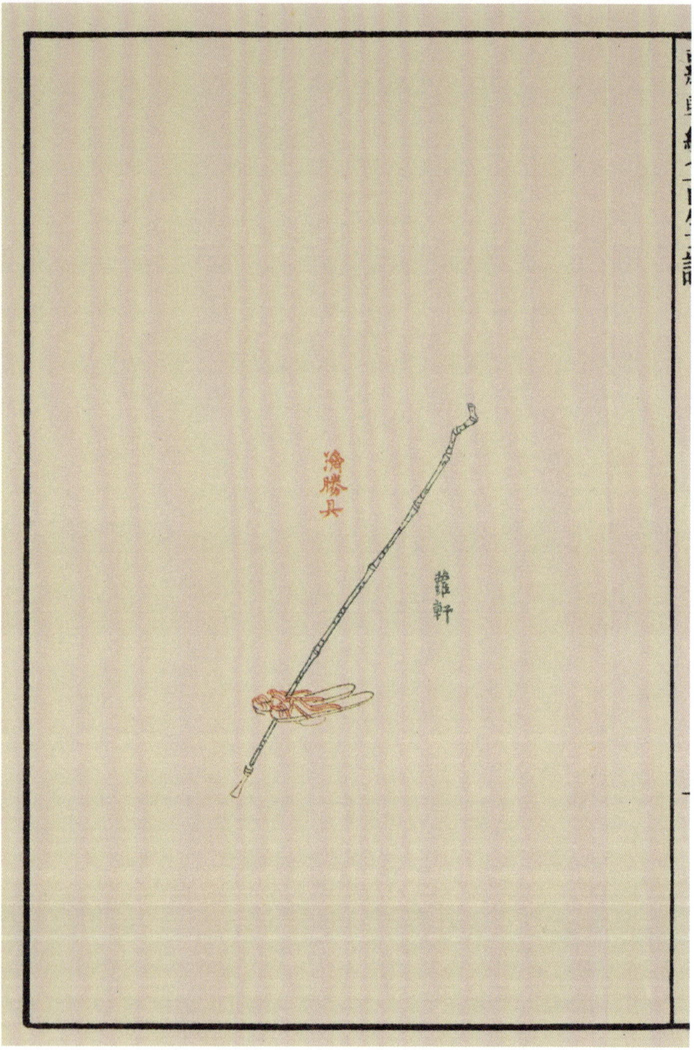
濟勝具
蘿軒

济胜具

此笺选自本谱下卷“搜奇二十四种”其二十四。

济胜具，谓可攀爬胜景、行游遍览之好工具，又可称作济胜资。南朝宋刘义庆《世说新语·栖逸》载：“许掾好游山水，而体便登陟。时人云：‘许非徒有胜情，实有济胜之具。’”清俞樾《春在堂随笔》卷五亦载：“钓台、西台，两峰并峙，高出层霄，余无济胜具，不克登其巅。”

赏读

冷官无一事，日日得闲游。壮哉千尺塔，摄衣上上头。
眼力老未减，足疾新有瘳。幸兹济胜具，俯仰隘九州。
雪山西北横，大江东南流。画栋云气涌，铁铎风声遒。
旅怀忽恻怆，涕下不能收。十年辞象魏，万里怀松楸。
仰视去天咫，绝叫当闻不。帝阍守虎豹，此计终悠悠。

宋·陆游《登塔》

《十竹斋笺谱》初次印成于南明弘光元年（1645，清顺治二年），由十竹斋主人胡正言辑刊。合计笺画二百八十三幅，共四卷。全卷以饾版、拱花技法印制，有干、湿、浓、淡、虚、实等多种艺术效果，代表了明代雕版刻印的最高水准。笺谱主题涵盖清供、画诗、隐逸、胜览、折赠、如兰、墨友、敏学、尚志、韵叟、灵瑞等，体现了明代文人温馨、纯美的审美情趣，被鲁迅誉为“明末清初士大夫清玩文化之最高成就”。1934年春末，鲁迅与郑振铎开始主持翻刻《十竹斋笺谱》。惜第二卷尚未完成，鲁迅先生即已病逝。1941年6月，全书四卷翻刻工作终于功成，前后历时七年之久。鲁迅与郑振铎主持翻刻的《十竹斋笺谱》，可谓古代版画过渡到新兴版画时期，继承传统版画的一个典型事例。

《十竹斋笺谱》之人物雅事笺

韓康
羽蓋徒相顧雲山
暢獨行
十竹齋

韩　康

此笺选自本谱卷一“隐逸十种”其一。

隐逸，即隐居。隐逸笺共十幅，绘十位隐居高洁之士，各笺题有相应人物姓名，另有咏辞或谓判词二句。

韩康，字伯休，东汉名士，见载于魏晋时皇甫谧所著《高士传》。韩康常采药出入名山，售于长安市头，三十余年间从不二价，远近闻名。某日一女子来此买药，欲还价未果，女子本不识韩康，怒问曰：“公是韩伯休邪，乃不二价乎？”韩康大惊，叹息说：“我本欲避名，今区区女子皆知有我，何用药为？”于是遁入灞陵山中，从此不出。

笺画绘韩康身背药锄采药之姿，题为“羽盖徒相顾，云山畅独行”。羽盖，意指古时用鸟羽做成的车盖，比喻身份地位之高贵，此二句正描写了韩康不羡名利、畅然独行的情怀。

赏读

辇道乘双阙，豪雄被五都。
横桥象天汉，法驾应坤图。
韩康卖良药，董偃鬻明珠。
喧喧拥车骑，非但执金吾。

南朝（陈）·徐陵《长安道》

子陵
星輝猶燦爛山色
自崔嵬　十竹齋

子　陵

此笺选自本谱卷一“隐逸十种”其二。

子陵，即东汉隐士严光。他少时即声名在外，与后来成为东汉光武帝的刘秀是故交。刘秀称帝后，特召严光出任谏议大夫，但他辞而不受，退隐至富春江边，常披羊裘钓鱼自乐，直至去世。宋范仲淹曾撰《严先生祠堂记》，作“泥涂轩冕，天下孰加焉”之句，赞其视官名禄位如泥土，有天下无人能及的风骨，最后更以“云山苍苍，江水泱泱。先生之风，山高水长”的名句赞美严光的高节。

笺画绘严光铺裘于地、手持钓竿，题为“星辉犹灿烂，山色自崔嵬”。

赏读

吾爱严子陵，羊裘钓石濑。
万乘虽故人，访求失所在。
三公岂易贵，不足易其介。
奈何夸毗子，斗禄穷百态。

宋·司马光《独乐园七题·钓鱼庵》

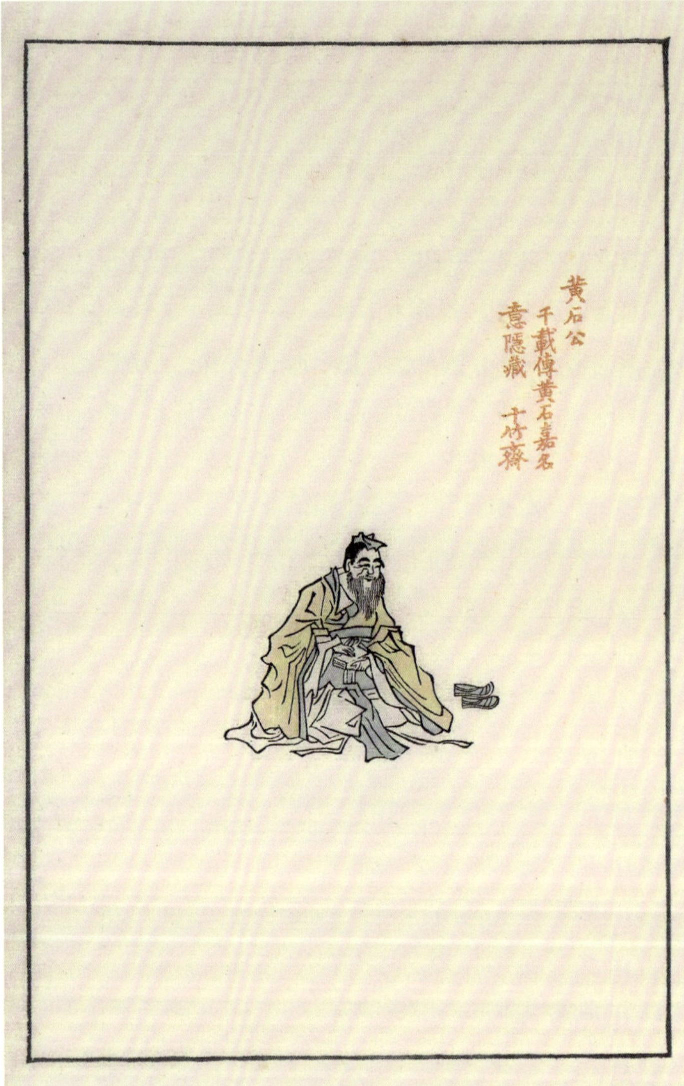

黄石公
千載傳黄石嘉名
意隱藏
十竹齋

黄石公

此笺选自本谱卷一“隐逸十种”其三。

黄石公传为秦时隐士，又称圯上老人、下邳神人，与鬼谷子齐名，被道教所推崇。黄石公因避秦世之乱，隐居于东海下邳。张良因刺秦失败，逃至下邳，在圯上遇见黄石公，并得《太公兵法》。

笺画所题“千载传黄石，嘉名意隐藏”，绘黄石公盘坐于地，手持一书，眼观旁边放置的一双履，又暗合张良“圯桥进履”的典故。

赏读

子房未虎啸，破产不为家。
沧海得壮士，椎秦博浪沙。
报韩虽不成，天地皆振动?
潜匿游下邳，岂曰非智勇。
我来圯桥上，怀古钦英风。
唯见碧流水，曾无黄石公。
叹息此人去，萧条徐泗空。

唐·李白《经下邳圯桥怀张子房》

陸羽
味水情何淡居塵
意不同
十竹齋

陆　羽

此笺选自本谱卷一“隐逸十种”其四。

陆羽，字鸿渐，唐代茶学家，著《茶经》传世，被尊为“茶圣”。陆羽其貌不扬，然生性诙谐，常常以丑自嘲，曾遍游长江中下游和淮河流域，研究制茶工艺及水源品质。唐人张又新在《煎茶水记》中，载陆羽逸事一则：湖州刺史李季卿路经扬州，偶遇陆羽，于是邀请同行。李刺史听说扬子江中的南零水煮茶最妙，遂命军士驾小舟前去取水。军士因小舟颠簸，不慎将取来的南零水泼洒了一半，又怕刺史责罚，便偷偷地用岸边的水灌满充数，回来复命。谁知陆羽一尝便知不对，说：“虽是江水，但不是南零水，像是岸边水。”于是命人把水倒在盆里，等到瓶中水倒出一半，陆羽再尝，方说：“从这儿开始才是南零的水。”军士大骇，这才不得不吐露实情，在座众人无不惊愕。

笺画绘陆羽烹茶之景，画面中有茶炉、蒲扇等物点缀，所题“味水情何淡，居尘意不同”，亦照应了陆羽本人淡泊的品性。

赏读

马卿消瘦年才有，陆羽茶门近始闲。

时借僧炉拾寒叶，自来林下煮潺湲。

唐·皮日休《题惠山泉》其二

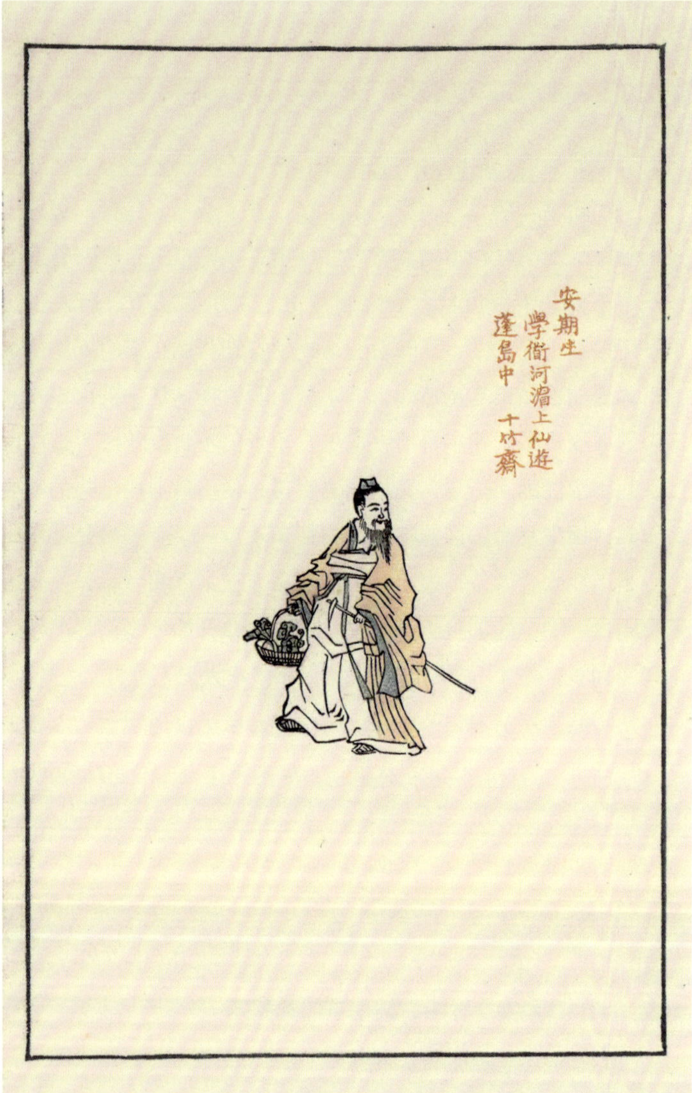
安期生
學術河湄上仙遊
蓬島中　十竹齋

安期生

此笺选自本谱卷一“隐逸十种”其五。

安期生是古代传说中居于海上的方士、神仙，人称千岁翁，被奉为上清八真之一。《史记·孝武本纪》载，道士李少君面见汉武帝，向汉武帝介绍安期生说：“臣尝游海上，见安期生，食巨枣，大如瓜。安期生仙者，通蓬莱中，合则见人，不合则隐。”笺画题为“学道河湄上，仙游蓬岛中”，绘安期生手持药锄、药篮，作采药之状。

赏读

安期本策士，平日交蒯通。尝干重瞳子，不见隆准公。
应如鲁仲连，抵掌吐长虹。难堪踞床洗，宁挹扛鼎雄。
事既两大缪，飘然镊遗风。乃知经世士，出世或乘龙。
岂比山泽臞，忍饥啖柏松。纵使偶不死，正堪为仆僮。
茂陵秋风客，望祖犹蚁蜂。海上如瓜枣，可闻不可逢。

宋·苏轼《安期生》

列子
笑談蕉鹿夢不願
世人知 十竹齋

列　子

此笺选自本谱卷一“隐逸十种”其六。

列子，名御寇，是战国时期道家学派的代表人物，有《列子》八篇传世。

笺题“笑谈蕉鹿梦，不愿世人知”，其典出自《列子·周穆王》：郑国一樵夫打柴时偶然遇到一只受惊的鹿，遂捕杀之。因怕被人看见，樵夫就用蕉叶覆于鹿上，藏在城壕中，但他后来竟然忘记了藏匿的地方，便自言自语，以为是一场梦。不料这番话被旁边的路人听去，依其所说果然找到了藏鹿之所。

笺画作列子俯观蕉鹿，人物双手交握于身前，面露微笑，似有智者笑而不语之意。

赏读

石壁何空洞，中有风泠然。

安知列御寇，不向此中仙。

元·赵孟頫《天冠山题咏二十二首·风洞》

漢陰丈人
聽言傲子貢誰契
此冲襟　十竹齋

汉阴丈人

此笺选自本谱卷一“隐逸十种”其七。

汉阴丈人，典出《庄子·天地》。子贡游楚，过汉阴时，见一老人凿隧通井、抱瓮灌畦，可是效率极低。子贡不解，以农械辅助本可一日浸灌百畦，何不用之？不料老人愤然作色，认为这种行为投机取巧，会使人心神不定，不能得道，故“吾非不知，羞而不为也”。这一典故由此被赋予安于朴拙、隐而学道的象征。

笺画绘老者抱瓮前行之姿，题为“听言微子贡，谁契此冲襟”。

赏读

野哉汉阴叟，好古遂忘机。
抱瓮诚亦勤，守朴全道微。
子贡初不达，听言识其非。
已为风波人，恍惘失所依。

唐·吴筠《高士咏·汉阴丈人》

披裘公
甘為負薪老寧是取金人
十竹齋

披裘公

此笺选自本谱卷一“隐逸十种”其八。

披裘公的典故载于皇甫谧《高士传》。披裘公为春秋时吴国人，延陵季子（季札）五月出游，遇一披裘负薪者，他便指着路上一块不知谁丢失的金子，让披裘公去捡。披裘公掷镰于地，斥道：“你为什么地位尊贵而看轻别人！我五月披裘砍柴，岂是拾金者乎！”

笺画题为“甘为负薪老，宁是取金人”，绘披裘公负薪之像，裘衣尽破，虽黄金于地而不假颜色。披裘公不拾遗金、贫贱不移的品格，是切合文人阶层对固守高洁、甘于清贫之士的想象的。

赏读

西江天柱远，东越海门深。
去割慈亲恋，行忧报国心。
好风吹落日，流水引长吟。
五月披裘者，应知不取金。

唐 · 李白《杭州送裴大泽赴庐州长史》

歷畊
十竹齋

历　耕

此笺选自本谱卷三“孺慕八种”其一。

孺为孩童，慕为追思，孺慕本指孩童哭悼逝去的父母，后引申为孝敬父母之意。因此孺慕笺讲述的都是古代孝子典故。

历，历山。此笺述帝舜之孝。舜本姓姚，名重华，因德行出众，受尧禅让而称帝。舜在历山耕种多年，因思念父母，曾作琴曲《思亲操》，辞中有“思我父母兮力耕”之句。西汉司马迁《史记》载：“舜耕历山，渔雷泽，陶河滨，作什器于寿丘。”为大众所熟知的“二十四孝”第一则“孝感动天”说的便是舜之孝德。笺画作历山脚下陇亩之景。

赏读

闻说东夷有圣人，历山何处此耕云。

露苗犹洒当年泣，寂寞春风鸟自耘。

宋·林景熙《陶山十咏和邓牧心·舜田》

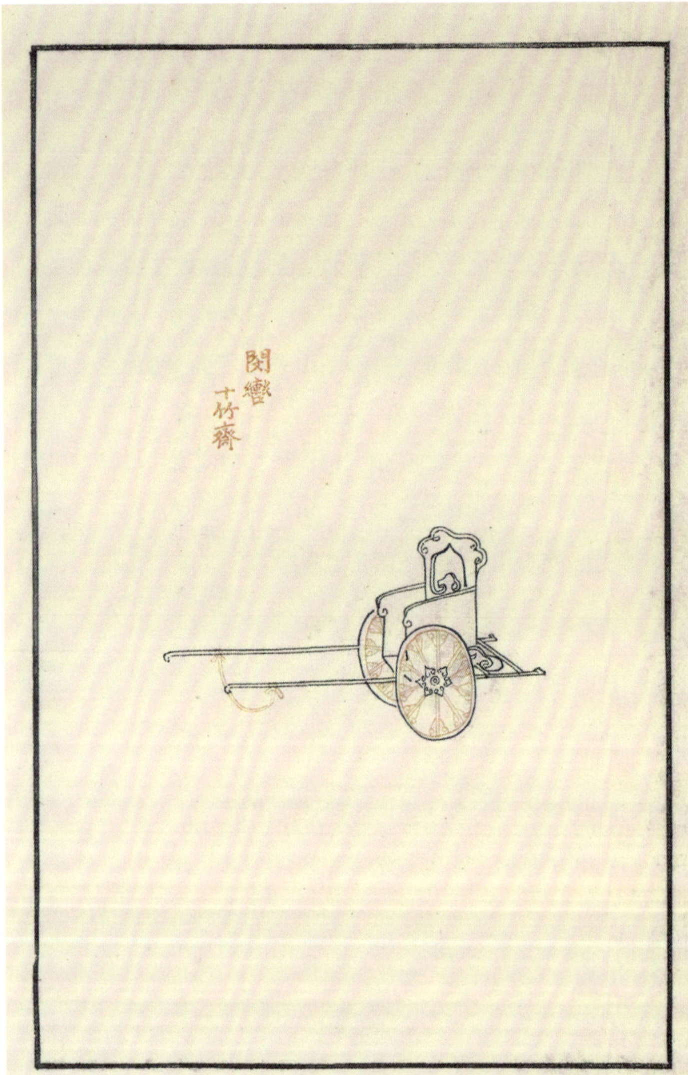
閑鑾
十竹齋

闵　辔

此笺选自本谱卷三“孺慕八种”其二。

闵，闵子；辔，驾驭牲畜的缰绳。此笺述闵子之孝。闵子，名损，字子骞，春秋时鲁国人，德孝出众，是孔子门下七十二贤中仅次于颜回的弟子。闵子幼年丧母，继母又待其刻薄，冬日只给闵子穿絮以芦花的单衣，而给自己的两个亲生儿子穿厚棉衣。某日出行，闵父令闵子驾车，闵子体寒手僵，甚至无法握住赶车的缰绳。闵父怒用鞭子抽打，衣破芦花出，闵父方知其原委，愤愧难当，欲休闵母。闵子下跪哭道：“母在一子寒，母去三子单。”闵母感动不已，自此视若己出。笺画象征性地绘出闵子一家所乘的牛车。

赏读

名称大孝世之难，袄絮芦花岂耐寒。

宁使一身甘冻死，肯教三子受衣单。

宋·金朋说《闵子骞》

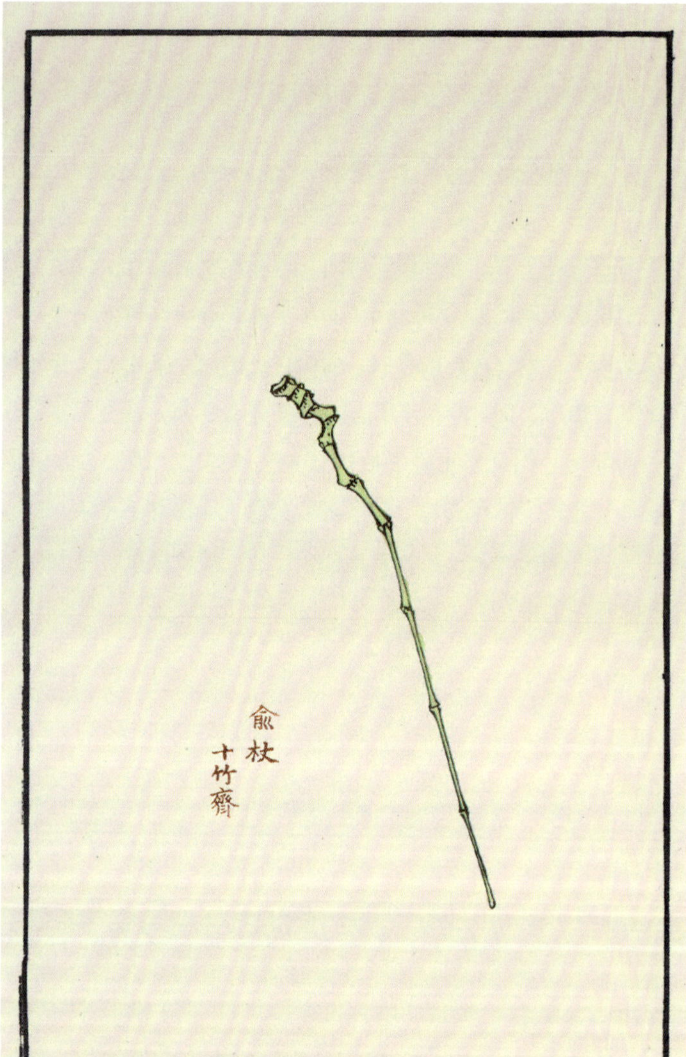
俞杖
十竹齋

俞 杖

此笺选自本谱卷三“孺慕八种”其四。

笺画绘俞母所用之杖，述韩伯俞泣杖之事。韩伯俞，汉代梁国人，侍母至孝。韩母家教甚严，伯俞有过，则杖笞之，但韩伯俞每次都神色如常。一次韩母又杖伯俞，谁知他居然哭泣起来。其母不解。韩伯俞说：“往日每杖必痛，所以知母亲身体康健，现在母亲已经打不疼我了，觉母亲力衰，所以哭泣。”

赏读

伯俞泣杖易伤情，童稚能知爱日诚。

至孝由来天所赋，遂令青简播芳名。

明・朱棣《赐孝子韩伯俞诗二首》其二

扇枕
十竹齋

扇　枕

此笺选自本谱卷三“孺慕八种”其五。

笺画绘蒲扇、枕头，述黄香为父扇枕之事。黄香，字文强，东汉人，九岁丧母，事父尽孝，夏天为父亲扇枕席以降暑，冬天用身体为父亲暖被褥。《东观汉记》卷三收《黄香传》，载：“香躬亲勤苦，尽心供养，……暑即扇床枕，寒即以身温席。”

赏读

冬月常温席，炎天每扇床。
如何汉天下，只有一黄香。

宋·林同《贤者之孝二百四十首·黄香》

負米
十竹齋

负　米

此笺选自本谱卷三“孺慕八种”其八。

笺画述子路之孝。子路即仲由，孔子高徒，春秋时鲁国人，为人果敢有勇力，追随孔子周游列国。子路家贫，粮米不多，他便以野菜自食，又远趋百里之外负米而返，以供奉双亲。笺画绘系于杖上的米袋。

赏读

真人塞其内，夫子入于机。
未肯投竿起，惟欢负米归。
雪中东郭履，堂上老莱衣。
读遍先贤传，如君事者稀。

唐·李商隐《崔处士》

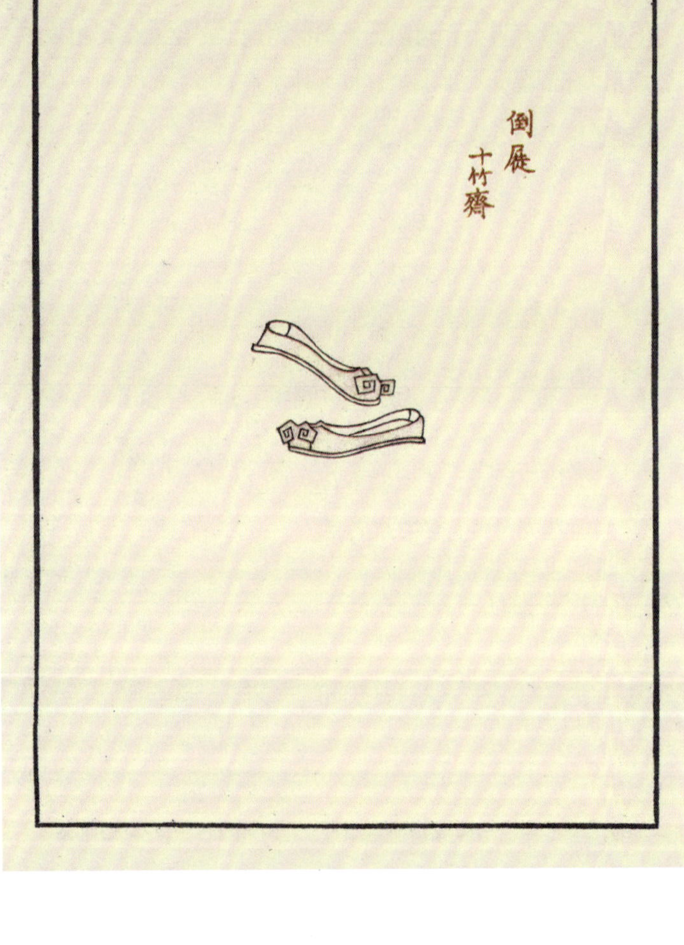
倒屣
十竹齋

倒 屣

此笺选自本谱卷三“应求八种”其四。

屣即鞋，此笺绘蔡邕双屣，述蔡邕倒屣相迎之事，典出《三国志·魏书·王卫二刘傅传》。蔡邕，字伯喈，东汉名士，家中常常宾客盈门。一日听闻王粲来访，蔡邕慌忙出迎，情急之中竟将鞋穿倒。谁知迎进门来，宾客见王粲不过一瘦弱矮小之少年，满座讶然。蔡邕指着王粲对众人说：“此王公孙也，有异才，吾不如也。吾家书籍文章，尽当与之。”后王粲果然文采斐然，成为建安七子之一。

赏读

忽闻扣户醉吟声，不觉停杯倒屣迎。

共放诗狂同酒癖，与君别是一亲情。

唐·白居易《喜裴涛使君携诗见访，醉中戏赠》

熊丸
十竹齋

熊　丸

此笺选自本谱卷三“闺则八种”其二。

闺则，犹言闺训之意，即古时妇女应遵守或崇尚的行为规则。此组笺画绘古代女子妇德之典故。

笺画绘书案、熊丸。熊丸，指以熊胆为药做成的药丸，述柳母教子之事。唐代名臣柳仲郢，字谕蒙，乃柳公绰之子、柳公权之侄，自幼苦学，其母韩氏曾以熊胆和药做成药丸给柳仲郢嚼食，以防夜间瞌睡。《新唐书·柳仲郢传》载：“母韩，即皋女也，善训子，故仲郢幼嗜学，尝和熊胆丸，使夜咀咽以助勤。”

赏读

吾伊声断熊丸胆，灯火烟消墨篆帷。

不但古人有贤母，看碑挥泪痛慈闱。

明·解缙《题贤母卷》

孟機
十竹齋

孟　机

此笺选自本谱卷三“闺则八种”其五。

笺画绘屏风、机杼，述孟母断机教子之事。孟子少时贪玩，不喜读书，一日孟母询问功课，孟子所答不佳，孟母遂用刀割断织好的布，以诫示孟子不可半途而废。孟子大为触动，是以日夜勤学不息，终成名儒。

赏读

车马俨何之，东冈旧有陂。
三年别亲意，千里达家时。
去仕元戎幕，来为太学师。
宁须负斗米，不复断机丝。
物色迎归鞚，光辉入寿卮。
人生无此乐，此乐独君知。

宋·司马光《送韩直讲郓州宁亲》

鉄研
十竹齋

铁　研

此笺选自本谱卷三“敏学八种”其三。

敏学，即勤勉学习之意。《论语·述而》云：“我非生而知之者，好古，敏以求之者也。”又《论语·公冶长》云：“敏而好学，不耻下问，是以谓之‘文’也。”《十竹斋笺谱》的敏学笺即绘古人勤学之故事。

笺画绘铁砚、毛笔、画缸、水盂等文房之物，题为“铁研”。研，通砚，铁研即铁铸砚台，此笺述桑维翰铸砚明志之事。桑维翰，字国侨，五代后晋重臣，少时立志入仕，科考时却因主考官恶其姓与“丧”同，未得录取，旁人劝他放弃科举，桑维翰遂铸铁砚一方明志，说铁砚磨穿就别寻他途，终得进士及第。陆游后来作《寒夜读书》诗说：“韦编屡绝铁砚穿，口诵手钞那计年。”世人遂以铁砚喻矢志不移、学而不辍之意。

赏读

人物今谁似此郎，合居严近赞垂裳。
未将事业先诸老，且把文章变一方。
今日杏坛风似鲁，向来铁砚志如桑。
会看奋迅为时用，展尽胸中计策长。

宋·吴芾《和池州陈教授韵二首》其一

青燈
十竹齋

青　灯

此笺选自本谱卷三“敏学八种”其四。

笺画绘青灯、书卷。古时油灯光线青荧，呈青黄色，故曰青灯。又有“青灯黄卷”一词，谓进学之士生活清苦、苦读不辍之意。

赏读

平生喜藏书，拱璧未为宝。
归来稽山下，烂漫恣探讨。
六经万世眼，守此可以老。
多闻竟何用，绮语期一扫。
幽居出户稀，衰病拥炉早。
青灯照黄卷，作意勿草草。

宋·陆游《冬夜读书》

警枕
十竹齋

警　枕

此笺选自本谱卷三“敏学八种”其五。

此笺题为“警枕”。笺画上绘有布衾，上有书卷及木枕。古时学子苦读，以圆木作枕，睡熟则木头滚动，人自然惊醒，故名警枕。警枕见载于史籍极早，如《礼记·少仪》论左手持物之仪时即曰：“笏、书、修、苞苴、弓、茵、席、枕、几、颎、杖、琴、瑟，戈有刃者椟、筴、籥，其执之，皆尚左手。”汉郑玄注为：“颎，警枕也。”再如《资治通鉴·后梁纪五》述吴越王钱镠：“镠自少在军中，夜未尝寐，倦极则就圆木小枕，或枕大铃，寐熟辄欹而寤，名曰‘警枕’。”

赏读

警枕残灯对小舟，暗将心曲语江流。
昔游历历归青史，老眼明明贯白头。
鸠聚鹊喧凭博局，龙拿虎掷倚神谋。
长年似与更筹约，啼绝荒鸡发棹讴。

清·钱谦益《东归漫兴六首》其二

書紳
十竹齋
行篤敬

书　绅

此笺选自本谱卷三“敏学八种”其六。

绅，古人用以束腰的大带；书绅，谓将训言书于绅带。孔子门徒子张问孔子处世之道，孔子以“言忠信，行笃敬”答之，子张于是把这些话书写在系腰的束带上。《论语·卫灵公》载：“子张问行。子曰：‘言忠信，行笃敬，虽蛮貊之邦，行矣。言不忠信，行不笃敬，虽州里行乎哉？立，则见其参于前也；在舆，则见其倚于衡也，夫然后行。’子张书诸绅。”笺画即取《论语》意，绘绅带，上书“言忠信行笃敬”六字。

赏读

云泽翔羽姬，横盖招益人。

贲园无金尚，履道易书绅。

南朝（宋）·鲍照《讲易诗》

筆花
十竹齋

笔　花

此笺选自本谱卷三“敏学八种”其七。

笺画绘笔毫尖端生出花朵，述李白梦笔生花之事。典出五代王仁裕《开元天宝遗事·梦笔头生花》，其云：“李太白少时，梦所用之笔头上生花，后天才赡逸，名闻天下。”

赏读

草堂相去不多赊，雨后登临唤革华。
心喜渊明尊有酒，眼惊太白笔生花。
来看四泽满时水，归见九光披处霞。
得两使君诗十首，郡斋传写费川麻。

宋·王十朋《景卢嘉叟各和诗五首复用前韵》

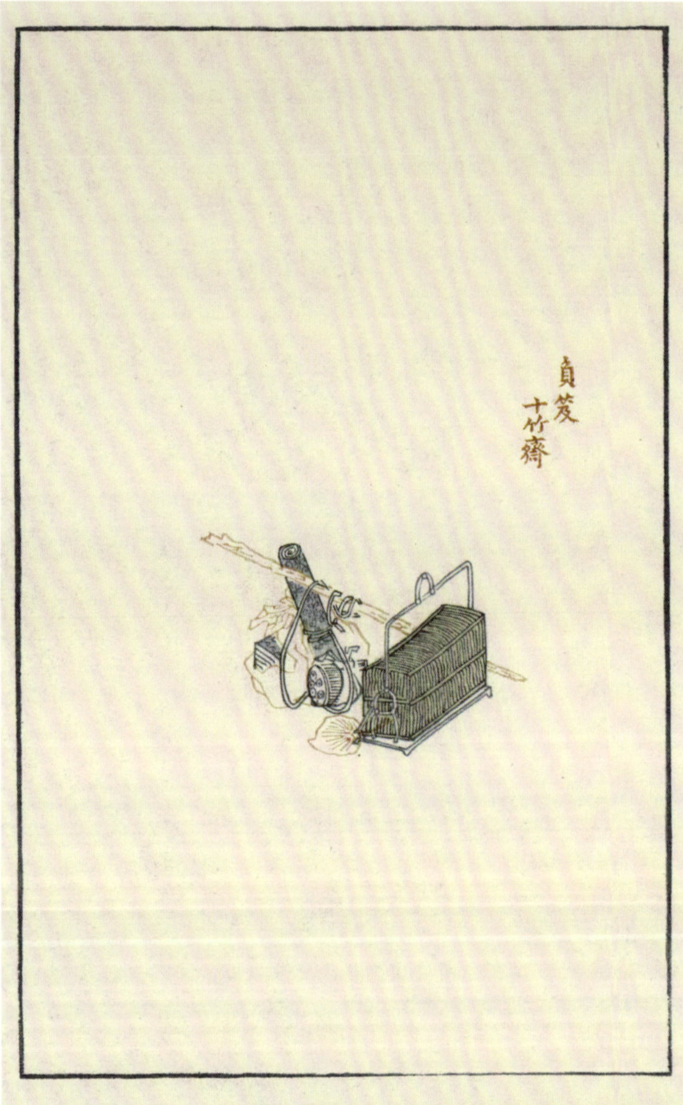
負笈
十竹齋

负　笈

此笺选自本谱卷三“敏学八种”其八。

笈，为古人使用的竹制书箱，是学子外出求学之物。负笈之意，一指背着书箱，以示读书之多；二指背负书箱游学外地。此笺绘满载书籍之书箱、行囊，述东汉李固负笈求学的故事。李固，字子坚，东汉名臣，官至太尉。传说他容貌怪异，头顶骨突出如鼎足，前额隆起似有角，脚底亦有龟文，均为显贵之相。史载李固少时好学，常步行寻师，他曾负笈追师学习“五经”，行遍京畿，十余年后终于博览古今。

赏读

古人学问无遗力，少壮工夫老始成。

纸上得来终觉浅，绝知此事要躬行。

宋·陆游《冬夜读书示子聿》

典謨
十竹齋

典　谟

此笺选自本谱卷三“极修八种”其七。

典谟是《尚书》中《尧典》《舜典》《大禹谟》《皋陶谟》等篇的合称。典、谟、训、诰、誓、命，此六种均为《尚书》中出现的文体。典，述帝王言行，为立国之本；谟，述君臣商议国事，为治国之纲。《尚书大序》曰：“典谟训诰誓命之文凡百篇，所以恢弘至道，示人主以轨范也。”唐刘知几《史通》亦云：“窃以《书》列典谟，《诗》含比兴，若不先叙其意，难以曲得其情。”笺画绘案上竹简，以拟古《尚书》之意。

赏读

人能不食十二日，惟书安可一日无。

唐虞虽远典谟在，病卧蓬窗时嗫嚅。

宋·陆游《病足昼卧梦中谵谆乃诵尚书也既觉口占绝句二首》其二

渭釣
十竹齋

渭　钓

此笺选自本谱卷三“尚志八种”其三。

尚志，谓高尚之志向。尚志笺即述先贤逸事。

笺画绘水边崖石上之蓑衣、钓竿，述姜太公渭水钓鱼之事。姜太公，姜姓，字子牙，世称姜太公、太公望。传说姜子牙曾于渭水之滨以直钩钓鱼，亦不用鱼饵，而小鱼却争相上钩。周文王奇之，交谈中知其大才，遂拜为太师，共议伐商。姜子牙后来辅佐武王灭殷，因功封于齐。

赏读

病卧穷山白发新，不堪风雨过中春。
歌呼空倚一尊酒，零落渐无吾辈人。
千载诗书成长物，两京宫阙委胡尘。
非熊老子不复见，谁吊遗魂清渭滨？

宋·陆游《雨中卧病有感》

畊莘
十竹齋

耕　莘

此笺选自本谱卷三“尚志八种”其四。

笺画绘犁具、草帽，述伊尹耕作之事。伊尹为商汤宰相前，居于有莘国，以耕作为乐。《孟子·万章上》载：“伊尹耕于有莘之野，而乐尧舜之道焉。”

赏读

放翁真个是村翁，钓渭耕莘事不同。
蹴蹋烟云两芒屩，凭陵风雪一篷笼。
屡经骇浪身终免，遍阅浮沤寿未穷。
幸有春衣堪换酒，道边醉卧示神通。

宋·陆游《村翁》

陶巾
十竹齋

陶　巾

此笺选自本谱卷三“伟度八种”其五。

陶巾即陶渊明的巾帽。笺画绘酒坛、头巾，述陶渊明葛巾滤酒之事。陶渊明嗜酒，常自酿之。一日太守来访，恰好新酒酿成，陶渊明便顺手摘下头巾用来筛酒，滤后又将头巾戴上。典出《宋书·隐逸传》：“郡将候潜，值其酒熟，取头上葛巾漉酒毕，还复著之。”宋陆游诗《开元暮归》有“日暖登山思谢屐，病余漉酒负陶巾”之句。

赏读

野觞浮郑酌，山酒漉陶巾。
但令千日醉，何惜两三春。

唐·王绩《尝春酒》

虞琴
十竹齋

虞　琴

此笺选自本谱卷三“伟度八种”其六。

伟度，即宏伟气度。如《续资治通鉴·宋太祖开宝四年》云：“江南君臣闻之，皆震骇，服帝伟度。”《明史》亦有“幼敏慧，及长，身长岳立，屹有伟度”之句记载贤名志士。伟度笺所绘则为历代先贤及其逸事。

虞琴，即虞舜之琴，此笺述舜帝制五弦琴之事。舜为上古五帝之一，本姓姚，传说他目生重瞳，得名重华，因其部落于虞地，故又称虞舜。史载舜帝喜琴，曾制五弦琴自娱，后世即以五弦琴称为舜琴，亦作虞琴。如《礼记·乐记》载：“昔者舜作五弦之琴，以歌《南风》。”韦庄《悼亡姬》诗有“湘江水阔苍梧远，何处相思弄舜琴”之句。

赏读

何处净芳襟，晴轩俯碧岑。
钩帘赊月色，隐几快人心。
世道有荣辱，云山无古今。
吾生何太晚，侧耳听虞琴。

元·朱希晦《轩居》

謝屐
十竹齋

谢　屐

此笺选自本谱卷三“伟度八种”其七。

谢屐，即谢公屐。笺画绘木屐、棋盘，述南朝谢灵运之逸事。谢灵运，原名公义，字灵运，小名客儿，东晋望族谢氏之后，谢玄之孙，袭爵封康乐公，刘宋代晋后降封康乐侯。谢灵运性喜游山，尤常趋险峻之所，登山时常穿着一双屐齿可拆卸的木屐，上山时卸前齿，下山时卸后齿，便可步如平地。《宋书·谢灵运传》载：“灵运因父祖之资，生业甚厚。奴僮既众，义故门生数百，凿山浚湖，功役无已。寻山陟岭，必造幽峻，岩嶂千重，莫不备尽。登蹑常著木履，上山则去前齿，下山去其后齿。”

赏读

我欲因之梦吴越，一夜飞度镜湖月。
湖月照我影，送我至剡溪。
谢公宿处今尚在，渌水荡漾清猿啼。
脚著谢公屐，身登青云梯。
半壁见海日，空中闻天鸡。

唐·李白《梦游天姥吟留别》（节选）

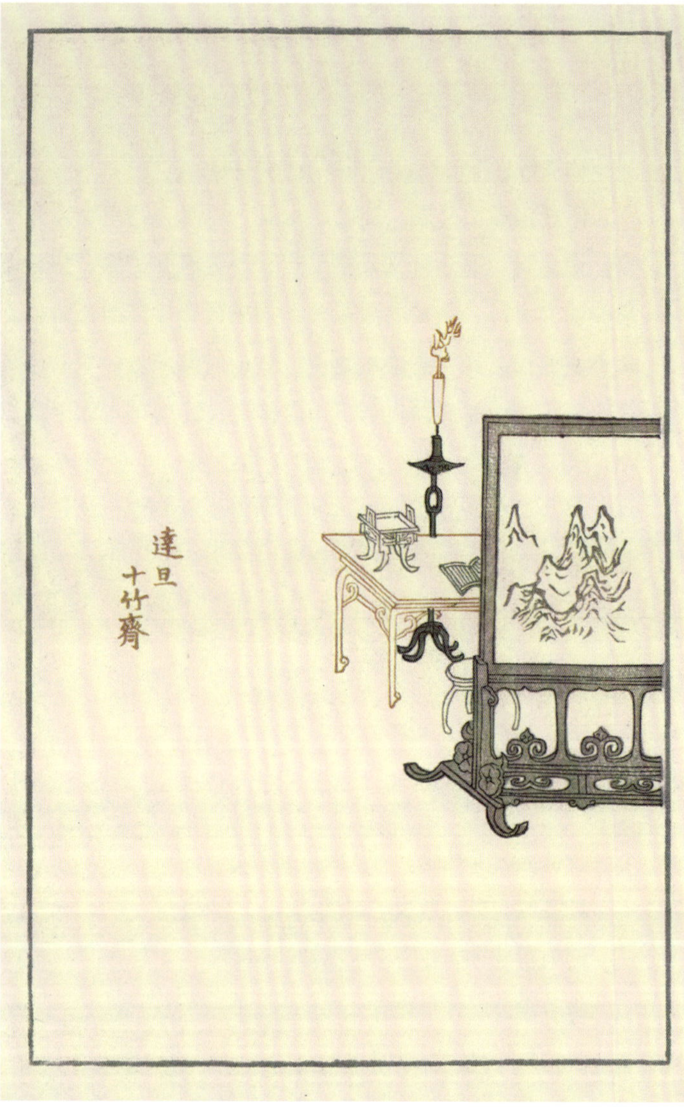
達旦
十竹齋

达　旦

此笺选自本谱卷三“高标八种”其二。

高标，意为出类拔萃、清高脱俗。唐卢照邻诗《还京赠别》云：“戏凫分断岸，归骑别高标。”《旧唐书·武承嗣传》亦载：“王高标峻尚，雅操孤贞。”高标笺均是以物品喻古人品性高洁。

达旦，谓至天明之意。笺画绘秉烛夜读。《汉书·刘向传》曰：“夜观星宿，或不寐达旦。”

赏读

放翁白首归剡曲，寂寞衡门书满屋。
藜羹麦饭冷不尝，要足平生五车读。
校雠心苦谨涂乙，吟讽声悲杂歌哭。
三苍奇字已杀青，九译旁行方著录。
有时达旦不灭灯，急雪打窗闻簌簌。
倘年七十尚一纪，坠典断编真可续。
客来不怕笑书痴，终胜牙签新未触。

宋·陆游《读书》

麥舟
十竹齋

麦　舟

此笺选自本谱卷三“高标八种”其六。

笺画绘麦舟，述范纯仁麦舟助丧之事。范纯仁，字尧夫，北宋宰相，乃范仲淹次子。传范纯仁少年时，范仲淹遣其至姑苏运麦，待范纯仁回程至丹阳时，遇到了父亲的同僚石延年，彼时石延年举丧，已经在丹阳滞留了两个月，范纯仁于是把五百斛麦子连同麦船一并送给了石延年，以筹钱款。北宋僧人惠洪所著《冷斋夜话》收有“麦舟助丧”一条，其云：“范文正公在睢阳，遣尧夫于姑苏取麦五百斛。尧夫时尚少，既还，舟次丹阳，见石曼卿，问：‘寄此久近？’曼卿曰：‘两月矣。五丧在浅土，欲丧之西北归，无可与谋者。’尧夫以所载舟付之，单骑自长芦捷径而去。到家拜起，侍立良久。文正曰：‘东吴见故旧乎？’曰：‘曼卿为三丧未举，留滞丹阳，时无郭元振，莫可告者。’文正曰：‘何不以麦舟付之？’尧夫曰：‘已付之矣。’”

赏读

天下苍生望哺深，君家父子总关心。

麦舟亦是区区事，薄俗犹能慨古今。

明・李东阳《范忠宣》

焚劵
十竹亝

焚　券

此笺选自本谱卷四“建义八种”其一。

建义，即树立忠义模范之意。建义笺所绘的都是历代先贤尽忠守节、忠心事主的故事。

笺画绘焚券之景，述战国冯谖焚券市义之事。冯谖，战国时人，入齐公子孟尝君门下为食客，但长期不受重用。冯谖弹铗而歌，索求鱼肉、车马、俸禄，孟尝君都应允了。孟尝君时为齐相，封邑于薛，食万户。冯谖自请去为孟尝君收债息。冯谖至薛地后，派官吏召集所有的债户前来核验契据，共得息金十万，但多数债户却无力偿还。冯谖于是将十万钱尽买酒肉，召众人共饮，又假传孟尝君之命，将债券一火焚之，免去了乡民的债务，民众于是拜服。后来孟尝君遭齐王猜忌，被贬回封地，薛地百姓竟出百里迎之，以报焚券之恩。《战国策·齐策》载，冯谖驱而之薛，使吏召诸民当偿者，悉来合券。券遍合，起，矫命以责赐诸民。因烧其券，民称万岁。

赏读

孟尝称爱客，狗盗目奇材。

独有冯谖拙，焚券市义来。

近代·连横《咏史一百三十首·田文》

投筆
十竹齋

投　笔

此笺选自本谱卷四“建义八种”其二。

笺画绘书案，一毛笔掷于地，述班超投笔从戎之事。班超，字仲升，东汉名将，乃班彪之子、班固之弟。班超广览群书，胸怀博远，《东观汉记》载其“持公羊春秋，多所窥览”。班超少时，随家迁至洛阳，靠为官府抄写文书来贴补家用，但他不甘久为笔墨之事，扔掉毛笔长叹说：“大丈夫应当学傅介子、张骞建功立业，哪能总是当个文书呢？”于是投笔从戎。其后班超平定西域，官西域都护，封定远侯，人称“班定远”。

赏读

班超投笔气如山，万里封侯出玉关。

今岂无人探虎穴，宝刀难染血痕殷。

清・黄遵宪《过安南西贡有感》

漢節
十竹齋

汉　节

此笺选自本谱卷四“建义八种”其三。

笺画绘旌节，述汉臣苏武坚贞不屈，持节牧羊之事。汉节，即天子授予使臣所持的符节，作为代表天子的印信或符凭，因此后世又把使臣叫作使节。《周礼·掌节》中规定了邦国用节的礼制，山川之国用虎节，平原之国用人节，水泽之国用龙节。汉代符节多为竹制，柄长八尺，节端缀有三重以牦牛尾制成的节旄。汉武帝时，苏武以中郎将使持节出匈奴。单于招降不成，于是幽禁苏武不让他回朝。苏武始终不屈，啮雪吞毡，于极寒之地持节牧羊十九年，须发尽白。《汉书·苏武传》载其：“杖汉节牧羊，卧起操持，节旄尽落。”宋文天祥《正气歌》赞为：“在秦张良椎，在汉苏武节。”

赏读

苏武在匈奴，十年持汉节。
白雁上林飞，空传一书札。
牧羊边地苦，落日归心绝。
渴饮月窟冰，饥餐天上雪。
东还沙塞远，北怆河梁别。
泣把李陵衣，相看泪成血。

唐·李白《苏武》

補衮
十竹齋

补　衮

此笺选自本谱卷四“建义八种”其八。

笺画绘衮袍。补衮本意为修补帝王所穿的衮袍，引申为弥补君主的过失，如《诗经·大雅·烝民》说：“衮职有阙，维仲山甫补之。”仲山甫为周宣王时重臣，每多进谏，匡正周王的过失。仲山甫封地于樊，为樊姓的始祖，故后世又称其为樊仲山甫。

赏读

玉佩琼琚出近班，仙槎从此到人间。
聊须海内无双士，往镇坤维百二关。
御府应留霜简看，乡人休羡锦衣还。
呜呼国步艰危日，补衮悬知欠仲山。

宋·张孝祥《寄张真父舍人》其一

擬婁
十竹齋寫

探　梅

此笺选自本谱卷四“韵叟八种”其二。

韵叟，犹言具韵趣风雅之老者。韵叟笺所绘都是老者各尽其乐的场景。

探梅，即寻访梅花。笺画绘一老者骑驴前行之姿，述孟浩然踏雪寻梅故事。明张岱《夜航船》载，孟浩然性情豁达，常在雪天骑驴寻梅以助诗兴，旁人不解，孟浩然回答说：“吾诗思在灞桥风雪中驴背上。”

赏读

丝管纷纷烛满堂，枭卢掷罢夜飞觞。
帷犀风定歌云暖，香兽烟浓漏箭长。
泛菊已成前日梦，探梅又续去年狂。
醉归自笑摧颓甚，冷逼貂裘怯晓霜。

宋・陆游《初冬夜宴》

《北平笺谱》由鲁迅、郑振铎合编，1934年初告成，分为六册，共收三百三十二幅画作。笺谱集合了民国时期书画名家，如林琴南、陈师曾、戴伯和、齐白石、吴待秋、陈半丁、王梦白、缪素筠等的作品，分博古笺、花卉笺、罗汉笺、人物笺、山水笺、花果笺、动物笺等类型。齐白石称其“选录者极有眼力，引为知己”。该笺谱以古法制笺，技艺精湛，被誉为“中国木刻史上断代之唯一丰碑”。

《北平笺谱》之人物雅事笺

龍在鉢中
莫放鬆了
回頭睛便要
出來作怪

降龙罗汉

此笺选自本谱第一册“罗汉笺十六种”，淳菁阁制。

笺画所绘为降龙罗汉端坐席上，左手持一钵，钵内一龙头探出，罗汉回头面带喜悦之色。笺画题字为“龙在钵中，莫放钵外，回头时便要出来作怪”。降龙尊者本为释迦牟尼弟子，法力无边，降龙伏妖，屡建奇功。传说古印度有龙王用洪水淹那竭国，将佛经藏于龙宫。降龙尊者不辱使命，降伏了龙王，取回佛经，厥功至伟，故被人们称为“降龙罗汉”。

赏读

补衲随缘住，难违尘外踪。
木杯能渡水，铁钵肯降龙。
到处栖云榻，何年卧雪峰。
知师归日近，应偃旧房松。

唐·戴叔伦《赠行脚僧》

東坡戴笠圖

东坡屐笠图

此笺选自本谱第二册“黄慎人物笺八种”，清秘阁制。

黄慎，清代画家，初名盛，字恭寿，号瘿瓢子，别号东海布衣。黄慎为“扬州八怪”之一，擅长人物、山水、花鸟，兼擅草书。

笺画题为“东坡屐笠图”，绘苏东坡头戴斗笠，脚着木屐，作迎风前行之状，展现了他的洒脱和豁达。

赏读

莫听穿林打叶声，何妨吟啸且徐行。竹杖芒鞋轻胜马，谁怕？一蓑烟雨任平生。

料峭春风吹酒醒，微冷，山头斜照却相迎。回首向来萧瑟处，归去，也无风雨也无晴。

宋·苏轼《定风波·莫听穿林打叶声》

醉中往往爱逃禅

醉中往往爱逃禅

此笺选自本谱第二册“黄慎人物笺八种”，清秘阁制。

笺画所题“醉中往往爱逃禅”，语出唐杜甫《饮中八仙歌》述苏晋嗜酒，其云：“苏晋长斋绣佛前，醉中往往爱逃禅。”逃禅，意为逃出禅戒，不守佛门清律。笺画即绘苏晋醉酒之态，人物趺坐于地，拢手眯眼，似在微笑，旁有菩萨像一尊，可谓妙趣横生。

赏读

知章骑马似乘船。落井眼花圆。汝阳三斗朝天去，左丞相、鲸吸长川。潇洒宗之，皎如玉树，举盏望青天。

长斋苏晋爱逃禅、李白富诗篇。三杯草圣传张旭，更焦遂、五斗惊筵。一笑相逢，衔杯乐圣，同是饮中仙。

宋 · 林正大《括一丛花》

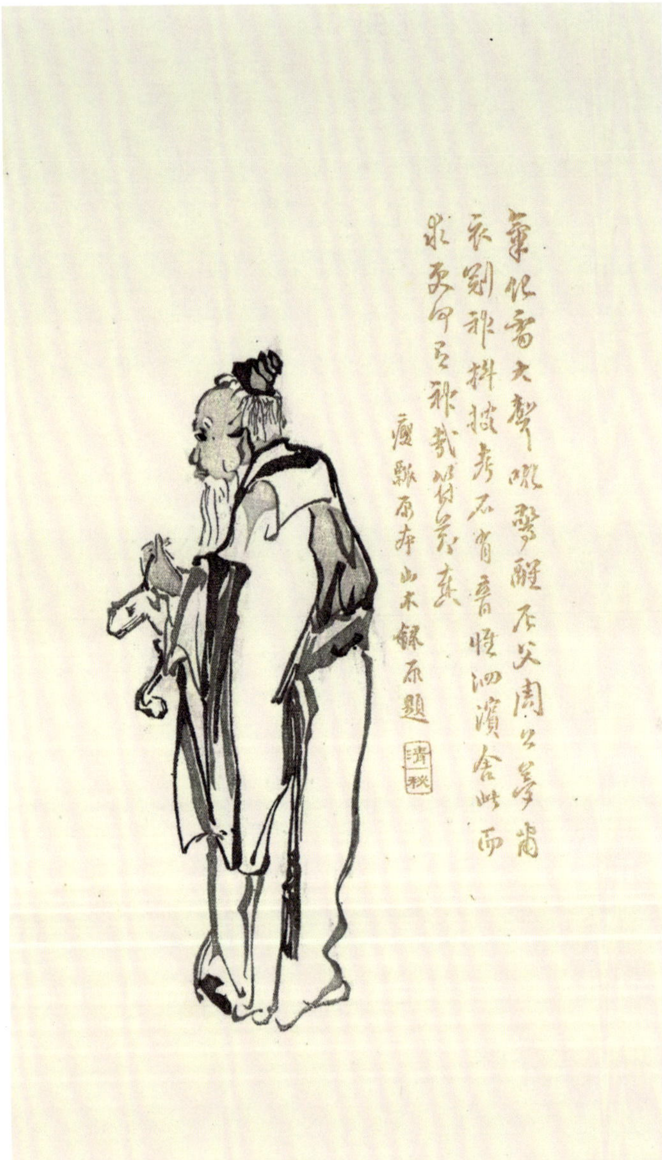

泗滨石磬

此笺选自本谱第二册“黄慎人物笺八种”，清秘阁制。

笺画绘一老者，手持一磬作敲击状。画上题字为：“气化雷，大声吼，惊醒尼父周公梦。肃衣冠，神抖搜（擞），考石有音惟泗滨，舍此而求更何有，神哉符节奏。”相传泗水之滨产异石，最宜作磬，敲击后能发出非同寻常的声音，其节奏与神灵相契合。《尚书·禹贡》中即有“峄阳孤桐，泗滨浮磬”的句子。

赏读

折为督邮腰，悬作山人室。
殊非濮上音，信是泗滨石。

宋·苏轼《题云龙草堂石磬》

闲锄明月种梅花

此笺选自本谱第二册“黄慎人物笺八种”，清秘阁制。

笺画绘一老者，右手持药锄，左手捻梅枝，怡然自乐，文人意趣跃然纸上。笺题“闲锄明月种梅花”，语出宋人刘翰《种梅》，原诗“闲锄”作“自锄”。种梅自古乃文士之雅好，取其高洁守操之意，如宋人林逋隐居杭州西湖，便以种梅养鹤为娱，有“梅妻鹤子”之称。

赏读

凄凉池馆欲栖鸦，彩笔无心赋落霞。
惆怅后庭风味薄，自锄明月种梅花。

宋·刘翰《种梅》

稼孫得唐人書殘經又得澄心堂紙乞吴讓之題字
沈均初復以所藏宋紙與之悲盦居士摹隨造象其上
悲盦

隋造佛像

此笺选自本谱第二册“赵之谦人物笺四种”，松华斋制。

赵之谦（1829—1884），初字益甫，号冷君，又号悲盦。赵之谦书法、绘画、篆刻皆精，自成一家。其绘画人物、花卉，线条流畅而带有金石之气，设色浓重而不艳俗。与任伯年、吴昌硕并称“清末三大画家”。

笺画所绘为隋代佛像，以赭石色单线勾勒，线条劲健，体现出赵之谦深厚的书法功力。画上题字亦颇有意趣：“稼孙得唐人书残经，又得澄心堂纸，乞吴让之题字，沈均初复以所藏宋纸与之，悲盦居士摹随（隋）造象（像）其上。”寥寥数语，将当时文人雅士之间的风雅表现得淋漓尽致，令人神往。

赏读

黄叶村庄路莫知，当时坏壁剩题诗。

阶前片石曾无主，偏有人争吴六奇。

清·赵之谦《舟泊石门忆事有作》其一

龙威丈人

此笺选自本谱第二册“赵之谦人物笺四种”，松华斋制。

龙威丈人，又作灵威丈人，传为古代仙人，能读天书，隐居于包山。春秋末，吴王阖闾过包山，龙威丈人自山上洞穴内取素书一卷献之，书中皆为鸟迹篆籀之文，无人能识。

笺画所作龙威丈人，面目奇特，额宽瞳近，异于常人。笺上有篆书题“龙威丈人之像”六字。

赏读

上有君山下有湖，洞庭古乐今何如。

穴中亡吴有遗谶，龙威丈人开素书。

清·丘逢甲《答丁三叔雅》其四

阿彌陀佛

阿弥陀佛

此笺选自本谱第二册“赵之谦人物笺四种”，松华斋制。

笺画所摹为南朝梁武帝中大通二年（530年）造像，一佛端坐龛内，慈眉善目，宝相庄严，绘出佛之从容、慈悲、安详神态。笺画上方为赵之谦篆书“阿弥陀佛”四字，笔意灵活，结体有致，极显功力。赵之谦还以其特有的北碑体小字，记述了作此造像笺的缘起：“常依江居士沅法日诵阿弥陀佛，壬戌一二月在海上遇风，舟几覆，诵佛号满万声，波平浪息。念佛征应，此为最显，稽首皈依，书以祈报。”

赏读

盦无风木墓空存，百轴观音一夕燔。

辨利藏真闻尚在，归舟恰入艮山门。

清・赵之谦《舟泊石门忆事有作》其二

涼風至

凉风至

此笺选自本谱第三册“冷香月令笺七种”，成兴斋制。

绘者冷香生平无考。郑振铎《访笺杂记》中写道：“路北有成兴斋。此肆有冷香女士作的月令笺，又有清末为慈禧代笔的女画家缪素筠作的花鸟笺；在光宣时代似为一当令的笺店。然笺样都缺，月令笺仅存其七。”

中国古代社会以农耕为主，因此古人对时令气候尤为重视，规定每五日为一候，三候为一节气，全年共计十二月令、二十四节气、七十二候，又将每一候都以一种物候现象相对应，称为候应。本幅笺画题为“凉风至”，是“七十二候”中的第三十七候。

《北平笺谱》中收录的冷香月令笺，还有“温风至”“螳螂生”“蟋蟀居壁”“白露降”等。

赏读

并命登仙阁，分曹直礼闱。
大官供宿膳，侍史护朝衣。
卷幔天河入，开窗月露微。
小池残暑退，高树早凉归。
冠剑无时释，轩车待漏飞。
明朝题汉柱，三署有光辉。

唐 · 沈佺期《酬苏员外味道夏晚寓直省中见赠》

蜀江得鯉
寶晉主人製朱良材作

蜀江得鲤

此笺选自本谱第三册“朱良材人物笺四种”，宝晋斋制。

朱良材，名梓，字良材，为清末海派画家钱慧安弟子，擅以工笔画人物，笔法细腻，线条纯熟。笺画所绘为“蜀江得鲤”，两名顽童一持渔竿，一持鱼篓，面带喜悦之色，蹲看篓内所获，顽皮可爱。民间视鲤鱼为吉祥之物，俗谚有“鲤鱼跳龙门”一说，在蜀江中钓得鲤鱼，有喜事来临之寓意。

赏读

春暮南溪花气香，乱蜂惊蝶不成行。
渔竿在手不须放，钓得鲤鱼三尺长。

明・张含《春暮》

永平四年歲在辛
卯四月八日李永義
等為見存眷屬敬
造彌勒像一
軀但願共登
樂土所願從心

弥勒造像

此笺选自本谱第三册“李瑞清罗汉笺四种”，静文斋制。

李瑞清（1867—1920），字仲麟，号梅庵、梅痴，晚号清道人。李瑞清擅长北碑，其书法用笔恣肆，点画峻厚，气息高古，同时能够以书入画，颇具金石之趣。李瑞清除了擅长书画艺术之外，还是中国近代美术教育和高等师范教育的先驱和开拓者。

笺画所绘为弥勒造像，居于画面左上方，四周以北碑笔法书写造像记：“永平四年，岁在辛卯四月八日，李永义等为见存眷属敬造弥勒像一躯，但愿共登乐土，所愿从心。”

赏读

离愁别恨何时了，总是萦怀抱。故园回首路迢迢，况复春镫花月可怜宵。

玉阑倚遍衣寒透，听尽银壶漏。个侬情绪有谁知，最怕碧纱人静夜深时。

李瑞清《虞美人·元夜》

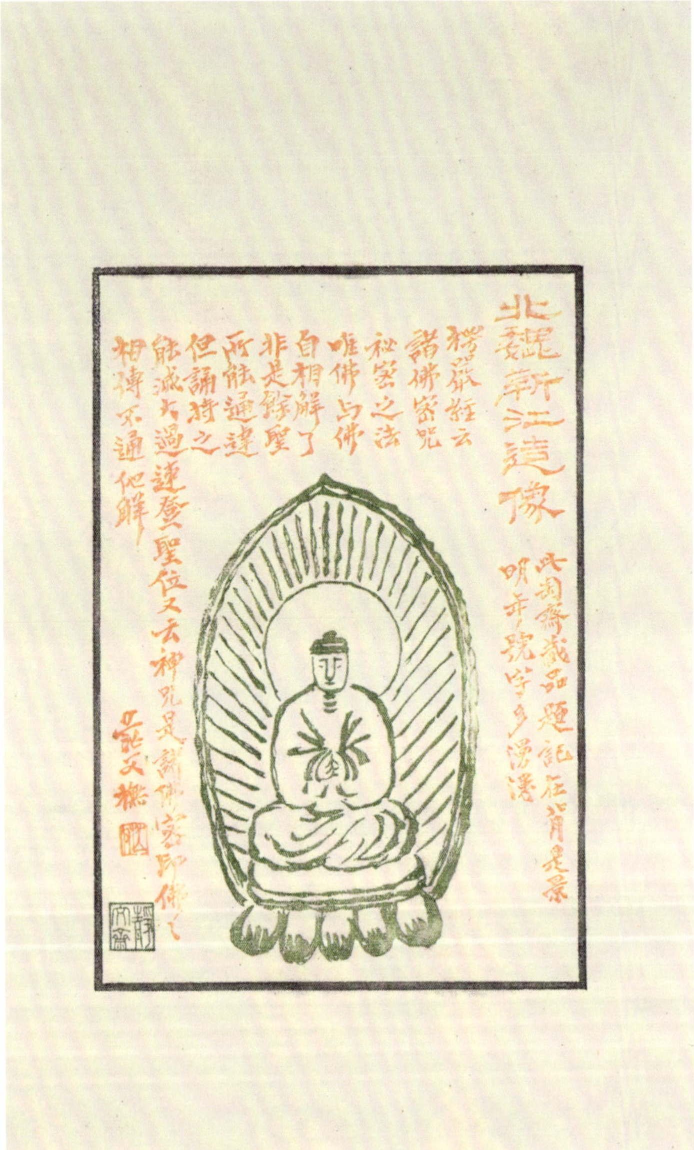

靳江造像

此笺选自本谱第四册“姚华古佛笺四种”，静文斋制。

姚华（1876—1930），字重光，号茫父，别号莲花庵主，曾为光绪三十年（1897年）进士。姚华山水、花卉、书法兼善，又独创“颖拓”一法作画，堪称一绝。姚华又喜刻铜墨盒画，古色古香，趣味盎然。

笺画所绘为北魏靳江造像，用笔厚重，线条凝重，佛像造型古拙，气象庄严肃穆。

赏读

千墨迷离共一躯，聊从笔下见真如，莫将纸本辨枯腴。

醒恋梦情参蝶化，老犹儿态作鸦涂，题成相与一胡卢。

清·姚华《浣溪沙·为邵伯䌹颖拓造象因题》

周長安造像石刻 在灤陽縣

此石如佛龕而缺其左邊中鐫佛像右刻大周長安二年歲次壬寅十二月廿二日按長安二年武則天僭位之十九年也其月日作𠥱𡆠正合彼時字體右邊末尚有施主二字其姓則全泐祇存一直畫不可知矣

蓮華盦中蕘父摹圖

周长安造像

此笺选自本谱第四册“姚华古佛笺四种”，静文斋制。

笺画为姚茫父绘武周长安造像石刻，一佛端坐宝座之上，石座下两边走兽惟妙惟肖。残石断裂处书有造像记片段，颇具沧桑之感。笺画题记云：“此石如佛龛而缺其左边，中镂佛像，右刻大周长安二年，岁次壬寅十二月廿二日。按长安二年，武则天僭位之十九年也。其月日作匝囝，正合彼时字体。右边末尚有施主二字，其姓则全泐，名存一直画，不可知矣。”这里所说的“彼时字体”是武则天创制的汉字，名为则天文字，如“曌”字。

赏读

明空伪号周长安，镂石造象如雕龛。中有古佛如华鬘，莲台趺坐仪容端。台底狮子蹲而安，蛮奴承台气力殚。匝囝字异右侧刊，惜其左侧已凋残。当时佞佛崇旃檀，天堂明堂金碧丹。纷纷投龙登泰山，鸳鸯碑上字屈盘。一时风气开乡关，此造象者姓名刓。但见凹凸苔痕斑，乐圃寺游多古翰。竹叶碑侧寻且看，鹿门赠予投予欢。何以报之双齐纨，取供斋头石骨寒。兜罗雪氍香漫漫，奉请拈花微破颜。

清・冯云鹏《武周长安造像石刻歌赠颜鹿门》

应作如是观

此笺选自本谱第四册“姚华古佛笺四种”，静文斋制。

姚华的这一幅古佛笺以赭石色勾勒佛像，以苍绿色录佛经。笺画古香古色，浑然一体，具有浓厚的金石之气。此笺用颖拓之法，佛之面目轮廓分明，且有凸凹效果，初看以为造像原拓，实乃以笔摹出，令人叹绝。

赏读

一切有为法，如梦幻泡影。

如露亦如电，应作如是观。

《金刚经》（节选）

西域古迹笺之一

西域古迹一

此笺选自本谱第四册“姚华西域古迹笺四种”，淳菁阁制。

笺画仍为颖拓之法所制。陈叔通曾将姚华颖拓作品汇为一编，影印成册。对此郭沫若特意题写了一段话，对颖拓的艺术地位做了肯定。他说，规摹草木虫鱼者，人谓之画；规摹金石刻划者，能可不谓之画乎？茫父颖拓实古今来别开生面之奇画也。传拓本之神，写拓本之照，有如水中皓月，镜底名花，玄妙空灵，令人油然而生清新之感。叔老特加珍护，匪唯念旧，别具慧眼，知音难得。呜呼！茫父不朽矣。

赏读

单车欲问边，属国过居延。
征蓬出汉塞，归雁入胡天。
大漠孤烟直，长河落日圆。
萧关逢候骑，都护在燕然。

唐 · 王维《使至塞上》

西域古蹟牋之二

西域古迹二

此笺选自本谱第四册“姚华西域古迹笺四种”，淳菁阁制。

姚华对于文史典籍、金石碑版有着特殊的爱好，并广为搜集，详加考订。由于学养深厚，其画作带有浓郁的书卷气和金石气。该笺画用笔考究，线条劲健而不失婉转，人物造型逼真，神态自然，且具有浓郁的拓片效果。

赏读

物理何堪尽入图，诗心裁剪贵探珠。
象外玄虚太超妙，要人得悟有参无。

清·姚华《论画》

西域古迹三

此笺选自本谱第四册“姚华西域古迹笺四种”，淳菁阁制。

笺画所绘为唐壁画伽蓝像，即关公像。佛教自印度传入我国后，逐渐与民间文化相融合。民间百姓多崇拜关羽，故佛教也将关羽形象纳入护法诸神之列，以其为伽蓝神或伽蓝菩萨。画面上菩萨胡须翘起，张大口，怒目圆睁，作愤怒状，与驱妖除魔有关。唐代壁画，多佛教题材，在人物形象上多有夸张，姚华深得此中奥妙，故能达到形神兼备的效果。

赏读

画争立意尽人知，意内须从言外思。

晚唐名构无多言，著笔宜参花草词。

清·姚华《题画》其一

西域古蹟箋之四

西域古迹四

此笺选自本谱第四册“姚华西域古迹笺四种”，淳菁阁制。

笺画所绘为吐峪沟唐壁画。吐峪沟位于新疆维吾尔自治区鄯善县境内。唐代佛教盛行，吐峪沟千佛洞的佛教壁画艺术也达到了新的高峰。姚华所临摹者，即出自千佛洞壁画。画面人物形象饱满丰腴，神态安详，装饰华贵，体现了盛唐时期国力充盈、精神强大的特征。

赏读

岂堪神妙课凡工，书画由来理本通。
钩勒分明兼使转，灵机到处腕如风。

清·姚华《题画》其二

唐画壁砖

三幅画笺选自本谱第四册“姚华唐画壁砖笺四种”，淳菁阁制。

姚华学识渊博，善诗文，喜藏书，因此笔下常带书卷气，所作笺纸与众不同，多文雅、沉静气息。左页此笺画所绘女子似从帐后走出，面带几分羞涩，神态栩栩如生，跃然纸上。笺画用笔疾缓有度，构图简练，设色古雅，形神兼备，堪称姚华笺画之精品。

赏读

古镜交螭，宫院日高风细。内江装束，满珠钿翠珥。玉立亭亭，合著绣裙摇曳。苦心识别，人司一事。

头纲雪乳，鼓风炉，银铫子。煎成蟹眼，是中泠活水。玲娜四美，难得明眸皓齿。主人珍重，为存古制。

清·爽良《传言玉女·为钱孙题唐砖》

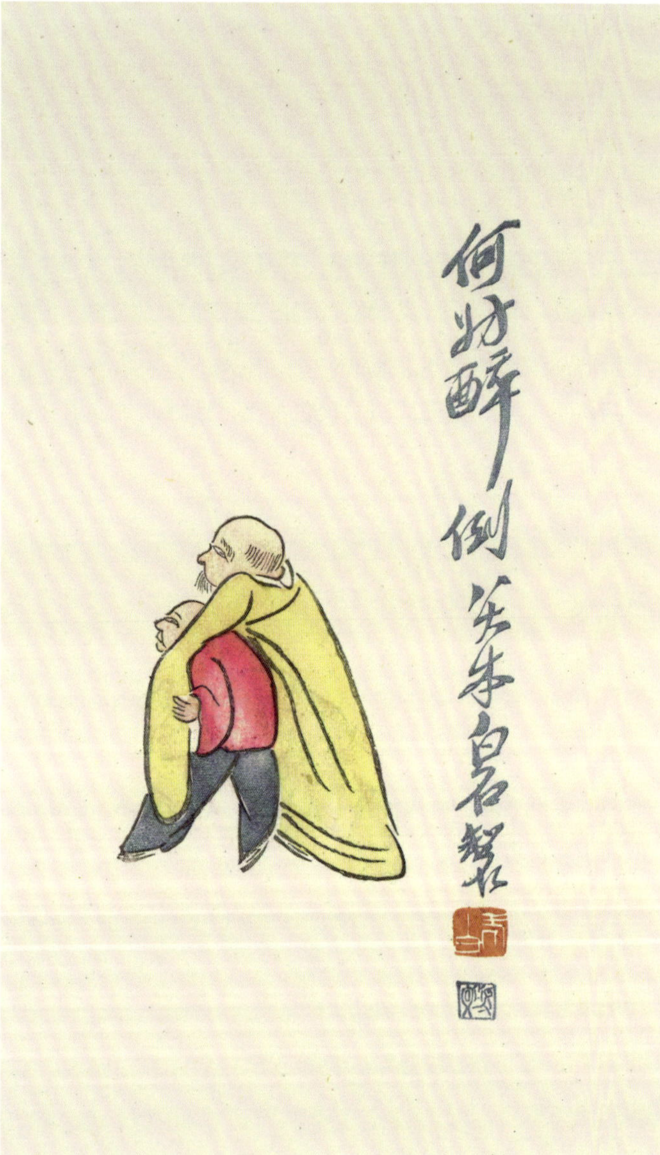
何妨醉倒

何妨醉倒

此笺选自本谱第五册“齐白石人物笺四种”，静文斋制。

齐白石早年以画人物为主，造型能力极强，但生意冷清，难以为继。他听从陈师曾建议，画“红花墨叶”之大写意花卉，获得巨大成功，从此在北京画坛站稳脚跟。此后，大写意花卉成为齐白石的主业，人物、山水则偶尔为之，成为一种笔墨游戏。

这幅笺画就是齐白石涉笔成趣的一件作品。笺上所题“八大本”的“八大”即“八大山人”朱耷。齐白石对八大山人的作品推崇备至，经常临摹，此笺即为一例。画面上，一老者醉不能支，由一幼者背负，醉者犹如神仙，幼者憨态可掬，令人爱不忍释。

赏读

两人对酌山花开，一杯一杯复一杯。

我醉欲眠卿且去，明朝有意抱琴来。

唐・李白《山中与幽人对酌》

也应歇歇

此笺选自本谱第五册“齐白石人物笺四种”，静文斋制。

这一套齐白石人物笺共有四种，均为齐白石自八大山人画作底本中临摹而来，故各笺均题“八大本，白石制”。1932年齐白石七十岁时，其得意弟子瑞光和尚意外圆寂，给了白石老人以极大的打击，年已古稀的齐白石经此事后突然醒悟，感叹自己是否“也应歇歇”了，遂有这一组画作的创制。

笺画绘一老者闭眼小憩，以手作枕侧卧于葫芦旁，其神态从容，闲适自在，颇有意趣。题为“也应歇歇”。

赏读

终日昏昏醉梦间，忽闻春尽强登山。

因过竹院逢僧话，又得浮生半日闲。

唐·李涉《题鹤林寺僧舍》

可咲亦可咲

可哭亦可笑

此笺选自本谱第五册“齐白石人物笺四种”，静文斋制。

八大山人朱耷，本为明代宗室子弟，明亡后他悲愤至极，只得遁入空门以避世，自号雪个。其画中所绘鱼、鸟、人物，目光或呆滞、或凶狠、或愁苦，亡国之恨仿佛刻在纸上。朱耷晚年开始用“八大山人”号后，常于落款时将此四字笔画连缀，仿佛“哭之”，又似“笑之”，以此抒发其心中悲痛愤懑之情。齐白石作此笺亦拟其意。

笺画所绘人物眉目低垂，作摊手状，神情哭笑皆非。题为“可哭亦可笑”。

赏读

国破山河在，城春草木深。
感时花溅泪，恨别鸟惊心。
烽火连三月，家书抵万金。
白头搔更短，浑欲不胜簪。

唐·杜甫《春望》

偷　闲

此笺选自本谱第五册“齐白石人物笺四种”，静文斋制。

齐白石的这四幅老人笺，早在民国初年即已流行。郑振铎曾对这套笺纸大加赞赏，他在《访笺杂记》中曾对此记述道：“过海王村东行，路北，有静文斋，也是很大的一家笺肆。当我一天走进静文的时候，已在午后。太阳光淡淡的射在罩了蓝布套的桌上。我带着怡悦的心情在翻笺样簿。很高兴的发见了齐白石的人物笺四幅，说是仿八大山人的，神情色调都臻上乘。”

笺画绘老者挖鼻，用笔简练明快，造型生动诙谐，绘出了一位怡然自乐的老翁形象，笔墨中尽显齐白石的天真意趣。

赏读

云淡风轻近午天，傍花随柳过前川。

时人不识余心乐，将谓偷闲学少年。

唐・程颢《春日偶成》

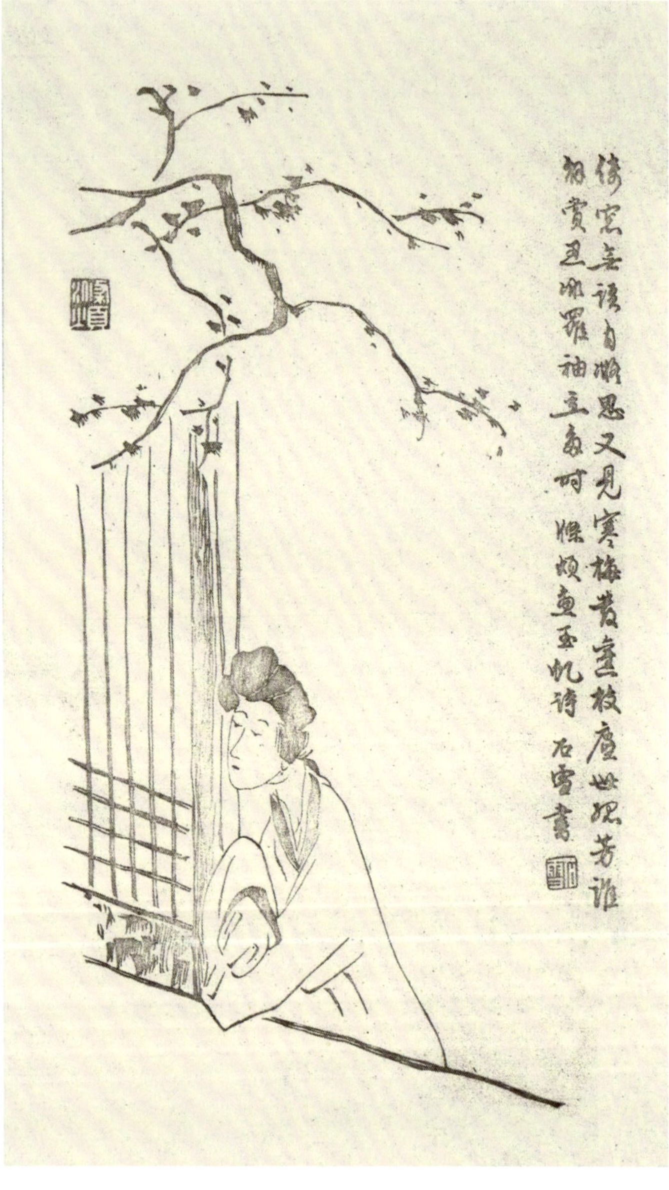
倚窗無語自凝思又見寒梅發舊枝處世堅芳誰
相賞且凝羅袖立多時 傑頎畫 玉帆詩 石雪書

孤芳谁人赏

此笺选自本谱第五册“俞明人物笺四种”，淳菁阁制。

俞明，字涤凡，又作涤烦，清末画家。俞明天资聪颖，幼年在上海学水彩画，后专师陈洪绶、任伯年人物画。所画仕女自成一家，亦善画肖像、花卉等。

笺画所绘为梅花绽放时节，一女子倚靠窗前，作凝眉愁思状。画上题诗为：“倚窗无语自凝思，又见寒梅发旧枝。尘世孤芳谁解赏，忍冰罗袖立多时。”从题款上可以得知，这幅笺纸为俞明画、玉虬诗、石雪书。

赏读

君自故乡来，应知故乡事。

来日绮窗前，寒梅著花未？

唐·王维《杂诗三首》其二

滿天紅雨亂繽紛無賴春風鬧人間倚碧桃根下睡亦教夢裏過芳辰
滕煥章玉札詩
石雪寫

梦里芳尘

此笺选自本谱第五册“俞明人物笺四种”，淳菁阁制。

笺画绘一女子于暮春时节，衣袖半遮面，身倚桃树作睡眠状，树干、枝杈以苍劲之笔画出，女子则以柔缓线条勾勒。此笺依然为俞明画、玉虬诗、石雪书。诗为“满天红雨乱缤纷，无赖春风自困人。闲倚碧桃根下睡，尽教梦里过芳辰。”诗书画浑然一体，可谓珠联璧合，相得益彰。

赏读

去年今日此门中，人面桃花相映红。

人面不知何处去，桃花依旧笑春风。

唐・崔护《题都城南庄》

《北京荣宝斋新记诗笺谱》是中华老字号荣宝斋在1949年以后根据民国时期《北平荣宝斋诗笺谱》刊刻的笺纸作品，内收齐白石、张大千、陈半丁、马晋、溥儒、吴待秋、徐操、颜伯龙、王梦白等名家之作二百幅。该笺谱代表了当时木刻水印的最高水平，被郑振铎称为“中国版画史上的计程碑之一”。

《北京荣宝斋新记诗笺谱》之人物雅事笺

回首春山半是云

此笺为溥儒所绘。

笺画绘一骑驴老者，头戴黄斗笠，着红衣，行于山间小道。画面沉静疏朗，格调不俗。

笺画题跋为“细路盘盘转石根，苍藤古木带斜曛。短筇不觉行来远，回首春山半是云”，为文徵明题画诗。

赏读

薜荔坛高秋十分，汉时笙鹤杳无闻。

平明一觉西风梦，吹落人间半是云。

宋·薛修竹《题梅山》

悠然高士坐

此笺为溥儒所绘。

笺画绘高士图，人物褒衣博带，揣手倚琴，憩于松树之下，其脚下又有青石流水，意境悠远，颇显魏晋风度。

笺画题跋为“云拥青山远，风生碧树凉。悠然高士坐，云外意何长”，化自明人陈景融诗《题云山图二首》其二。

赏读

蜀僧抱绿绮，西下峨眉峰。
为我一挥手，如听万壑松。
客心洗流水，馀响入霜钟。
不觉碧山暮，秋云暗几重。

唐·李白《听蜀僧濬弹琴》

婴　戏

此笺为吴光宇所绘婴戏图。

吴光宇（1908—1970），又名显曾，早年工山水，后师从徐燕孙专攻人物画，又广泛结合民间艺术形象与戏曲形象。

婴戏画是吴光宇经常创作的题材。这幅婴戏笺画用笔细腻，设色鲜艳，近似年画风格，三孩童作游戏之姿，生动可喜。

赏读

巧以崟山质，还成玉笋姿。

天机活泼处，引我少怀思。

清・乾隆《题玉镂戏婴图》

齐纨扇

此笺为徐燕孙所绘纨扇仕女图。

徐燕孙，名操，字燕孙，又字燕荪，号霜红主人、霜红楼主、城北徐公等。徐燕孙擅工笔重彩及小写意人物，民国时代多有店铺邀其绘制笺样。

笺画以素笔水墨勾勒出仕女形象，步态婀娜，衣着仍作清代妇女服饰打扮。此笺题跋为“秋风忽起汉宫凉，愁着荷衣怯芰裳。欲弃齐纨难释手，芳心寒到镂金箱”，后署“霜红主人燕孙徐操”。

齐纨，原指齐地所产之白细绢，汉嫔班婕妤作《怨歌行》，其中有“新裂齐纨素，鲜洁如霜雪。裁为合欢扇，团团似明月”之句，为后世传诵，故齐纨一词自此亦借指团扇。

赏读

新裂齐纨素，鲜洁如霜雪。
裁为合欢扇，团团似明月。
出入君怀袖，动摇微风发。
常恐秋节至，凉飙夺炎热。
弃捐箧笥中，恩情中道绝。

汉·班婕妤《怨歌行》

獨往秋山深回頭人境遙大千

独往秋山

此笺为张大千所绘人物图。

笺画绘深山秋景，人物行于山间小道上，回首而望。张大千将笺画中秋树的红叶处理为片片三角，旨趣非常。题跋“独往秋山深，回头人境远”，其意境正合《庄子·天下篇》所云：“独与天地精神往来，而不敖倪于万物。不谴是非，以与世俗处。”

赏读

老病愁趋画戟门，天教高卧浣花村。
山林独往杂屠钓，世界皆空谁怨恩。
千卷蠹书忘岁月，一尊浊酒信乾坤。
兴来倚杖清江上，断角疏钟正敛昏。

宋·陆游《晚兴》

子猷爱竹

此笺为张大千所绘人物图。

笺画所绘述王徽之爱竹故事。王徽之，字子猷，为王羲之第五子，以门荫入仕，曾官大司马参军、黄门侍郎等职。王徽之生性放达，曾雪夜泛舟访戴逵，过门前又不入而返。弟王献之去世后，徽之奔丧不哭，坐于灵床上取献之琴弹之，弦音不调，徽之叹息说："子敬子敬，人琴俱亡！"旬月后因悲恸过度，背疮崩裂而逝。王徽之极爱竹，曾暂居友人空室宅，随即命仆人在院中种满竹子，旁人不解，王徽之回答道："何可一日无此君？"

笺上题跋为"子猷径造竹所，独往自胜，不必七贤六逸相呼聚，方为此君重也"。后署"己卯十月，欧湘馆中写小册八页。大千居士张爰"。七贤，即"竹林七贤"：魏晋时期的嵇康、阮籍、山涛、向秀、刘伶、阮咸、王戎七位名士。六逸，即竹溪六逸。唐开元间，李白客居山东，并与名士孔巢父、韩准、裴政、张叔明、陶沔隐居于徂徕山下的竹溪，号为"竹溪六逸"。

赏读

浩饮浪吟何慷慨，衣冠尚在晋风流。
七贤林下固不异，六逸溪头良可谋。
既是甘为避世士，不妨且作醉乡侯。
幕天席地无留滞，笑杀三闾空白头。

元・王冕《醉贤图》

微冷山頭斜照
却相迎
回首向來蕭瑟
處歸去
也無風雨也無
晴

蘇東坡詞一闋
庚子暮春於古雲山如
湯錄

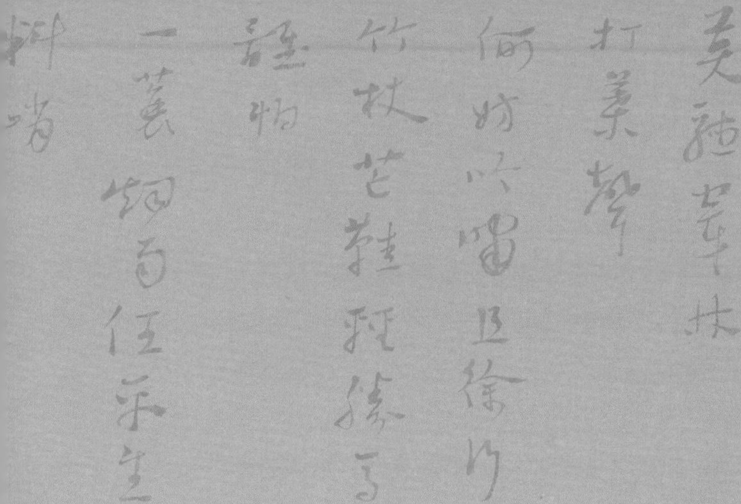
莫听穿林
打叶声
何妨吟啸且徐行
竹杖芒鞋轻胜马
谁怕
一蓑烟雨任平生
料峭

责任编辑： 赵文博
装帧设计： 张　磊
责任校对： 王君美
责任印制： 汪立峰
书　　法： 景迪云

图书在版编目（CIP）数据

少年游 / 刘璁编著. -- 杭州 : 浙江摄影出版社, 2020.8
（古笺风雅）
ISBN 978-7-5514-1699-3

Ⅰ. ①少… Ⅱ. ①刘… Ⅲ. ①散文集－中国－当代 Ⅳ. ①I267

中国版本图书馆CIP数据核字(2020)第142967号

GUJIANFENGYA SHAONIANYOU

古笺风雅

少年游

刘　璁　编著

全国百佳图书出版单位
浙江摄影出版社出版发行
地址： 杭州市体育场路347号
邮编： 310006
电话： 0571-85151082
网址： www.photo.zjcb.com
制版： 杭州真凯文化艺术有限公司
印刷： 杭州捷派印务有限公司
开本： 889mm × 1194mm 1/32
印张： 6.5
2020年8月第1版　2020年8月第1次印刷
ISBN 978-7-5514-1699-3
定价： 48.00元